AF290600

Tryggve Emstedt
2/3 av 100

© 2020 TRYGGVE EMSTEDT
Omslag: Sanvers Bokdesign
lena@sanver.se
https://lenasanverillustrations.myportfolio.com/work
Förlag: BoD – Books on Demand, Stockholm, Sverige
Tryck: BoD – Books on Demand, Norderstedt, Tyskland

ISBN: 978-91-7969-602-3

FÖRORD

ET ÄR INGEN lättsam sak att skriva om sitt liv. Det insåg jag redan för tio år sedan när jag börjare skriva om mitt ganska brokiga och innehållsrika liv. Jag har aldrig gillat att framhäva mig själv men jag tycker ändå att jag fått en del uträttat.

Det här är min tionde bok om man ska räkna in den bok jag skrev tillsammans med Jimmy Nordin och de två sångböcker som jag skrivit tillsammans med en god vän.

Det ligger i sakens natur att minnesbilder blir väldigt subjektiva. Min syster Heidi kommer aldrig att hålla med om vad jag skrivit. Det vet jag redan och det har hon talat om. Jag åberopar Jan Myrdal och anser att den beskrivning som nu följer är min högst privata beskrivning av mitt liv. Jag förstår förstås att det inte kommer att vara så många själar som kommer att läsa mina anteckningar men det spelar mindre roll. Det känns viktigt att ändå få ur sig vad som hänt.

De sista tio åren i en ny relation med två un-
derbara men jobbiga barn kommer jag att beskri-
va närmare i annan bok. Eller också hoppar jag
över det. Den som lever får se.

6

Gävle den 5 oktober 2020,
Tryggve Emstedt

KAPITEL 1 – I PANDEMINS TID

STEVE – mitt alias – 12 juli 2020

Steve hade ett elände att överleva som advokat i Coronatider. 80% av alla förhandlingar i domstolarna ställdes in och bestämdes det mot förmodan datum för förhandlingar så blev de ofta inte av i alla fall. De blev också ofta kaotiska och närmast löjliga när de skulle föras via gruppsamtal med många inblandade. Videokonferens fungerade lite bättre men självfallet var det ju bäst att ha vanliga förhandlingar med handsprit och avstånd. Det var inga problem så länge som man slapp åhörare eftersom svenska rättssalar är stora. Steve förundrade sig över hur man lyckats ta död på 5 000 personer över 70 år under 4 pandemimånader och bli världsledande i Björn Borgklass. De andra var ju så duktiga på att stänga in smittan så de liknade 'bror duktig'. Inte minst retade han sig på grannländerna som inte ens ville ha kryssningar till Åland.

Pandemin gick inte att undvika. Men det var ingen katastrof att folk fick sin covid-19 och det var säkert en välsignelse att många svårt sjuka på äldreboenden fick sluta sina dagar några veckor tidigare, än det var tänkt. Fast behandlingen av de äldre var extremt misskött och sättet de slutat sina dagar var ovärdigt. Men det fick väl visa sig vad som låg bakom. Det hade också visat sig, enligt en undersökning från Östergötland, att det inte gick att tala om att människor dog av covid-19 eftersom det fanns så mycket underliggande sjukdomar som var det som de egentligen dött av. Det var jämförbart med Aids. Där sa man inte att de dog av lunginflammation även om det kanske var det som gjorde att de gick bort i den hemska sjukdomen.

Steve var av den uppfattningen att statsminister Löfven tillsammans med Folkhälsomyndigheten med flera inte haft tillräckliga restriktioner och lagar/regleringar för äldreboenden. Fast under normala omständigheter var han för ett öppet samhälle med ansvar. Att människor dör får man acceptera. Det dog 2 000 personer var 8:e dag – somliga alldeles för tidigt – och 5 000 äldre hade dött på 4 månader då det totalt dött 30 000 i landet. Under 50 var siffran ca 60 avlidna och upp till 70 så hade 600 dött. Var det högt? Knappast. Hysterin fanns där och en del verkade älska rykten om luftsmitta så att man skulle vara tio meter ifrån varandra även utomhus. Vissa karantänister med tendens till höga blodsockervärlden och lite diabetes skulle ta på sig tagelskjortan och stänga sin sig och sätta allt och alla i omgivningen i rörelse.

Att ta på sig munskydd som var godkänt och plasthandskar och handla som vanligt folk fanns inte på kartan. Nej, man skulle ståta med sin "karantänssjuka" så det stod Steve upp i halsen. Naturligtvis skulle man också ha stängt ner samhället mycket hårdare tyckte dessa covid-19 talibaner och alla som inte tyckte som dem var 'ansvarslösa och korkade.' Även präster tog till brösttoner och invektiv vilket knappast förekommit på Facebook före covid-19. Att de inte tog några risker värda namnet om de gick ute och kunde ta prover om de ändå blev lite sjuka fanns inte heller på kartan. Det viktiga var att få ut allt man kunde av karantänslivet och sedan dela det på Facebook och eljest. Oj, nu har jag varit instängd i 4 månader och jag har inte fått se barnbarn och vänner, gick man på för kung och fostervatten. Vilka människor, tänkte Steve som snällt ställde upp på alla regler om avstånd och handsprit och tvål men han hatade överdrifter.

Tidningarna som varit dödsdömda fick också chansen att sälja lösnummer för plötsligt var det inte Leif GW som var det stora dragplåstret utan diverse professorer som käftade inbördes om hur farligt allt var, om det skulle komma en andra våg eller inte, om Sverige hade gjort fel och om man skulle hänga Folkhälsomyndigheten. Som vanligt var sunt förnuft bortblåst precis som i migrationsfrågan där 'Sverige är fullt' var en osedvanligt hemsk åsiktstumör i 'Bullerby- Sverige' sommaren 2020.

De politiska företrädarna var först välvilligt inställda till en låg profil men sedan skulle gränsvakten Kristersson – Ebba Busch och Jimmy Åkesson hakade förstås på – brösta upp sig och tala om 'volymmål för asylsökande' som var så mycket viktigare än att stoppa covid-19.

Kristersson, denna pygméliknande varelse, hade ju varit på bild med för stor jägarjacka i läder för att 'stoppa' de hemska asylsökandena som nu var uppe i 7 000 personer för första halvåret 2020 och av dem skulle 1/3 få stanna det vill säga 2 000 och på ett år kanske 5 000 jämfört med de 100 000 som alltid fick stanna i Sverige. Bland dem fanns det anknytningsärenden till gamla gubbar som varit i Thailand och för tredje eller fjärde gången funnit 'kärleken' på någon obskyr bar och sedan ville få hit damen i fråga. Inga problem där inte. Sverige var fantastiskt i sin förmåga att hela tiden rikta fokus på fel frågor ansåg Steve. Alltid denna dumhet. Vad hade vi en så kallad demokrati till med alla dessa idioter och idiotiska beslut? Fick Steve välja så skulle politiker bestämma så lite som möjligt och i stället delegera ut beslutsfattandet till duktigt folk som visste vad de gjorde. De kunde börja med att skapa ett totalt virusfritt äldreboende med många fast anställda. Det gjorde däremot inte skocken i riksdagen som var minst 150 för många.

FAMILJEN

Nu skulle ju Steve berätta om sina underbara barn Nicci och Nat som höll honom vid liv och höll honom sysselsatt större delen av dygnet och inte drunkna i den aktuella politiska dårskapen. Hustrun Belinda skötte det praktiska med barnen och Steve nöjesdetaljen.

Hustrun skulle plugga och hade pluggat flitigt men de fantastiska beslutsfattarna såg till att de som skulle rätta prov satt i karantän och om ingen rättade skrivningar fick man inga betyg och fick man inga betyg så fanns det inget att rapportera till CSN och då gick man miste om bidrag och lån från CSN på 10 000 kr i månaden. Till CSN fanns uppenbarligen inga miljarder. De skulle ju i första hand gå till storföretag och till SAS.

Steve måste vara försiktig med blodtrycket. Han var ju gu'bevars både överviktig och hade diabetes så han borde vara försiktig. Det var han inte. Han kunde inte slappna av eftersom dåraktiga myndigheter i kombination med urusla förhandlare på Advokatsamfundet förstörde hans ekonomiska liv. Han fick jaga runt som en iller för att få ihop till brödföda och till skatten. Egentligen skulle han begära anstånd men orkade inte. Det skulle bara komma surt efter när den korta anståndstiden var slut. Sådant var hans liv. Hans fantastiska familjeliv och hans helvete till ekonomiska liv. Till det kom alla fågelungar till klienter som tyckte han skulle göra allt nu och helst i går och inte hade någon lust att vänta på att han skulle skicka en förfrågan till Migrationsverket om när beslut skulle komma trots att inget hände i juli. Han var 'kungens lilla piga' som med berått mod tagit en hel veckas semester men egentligen borde varit hemma även då om den ekonomiska ekvationen skulle ha gått jämt ut. Nicci och Nat fick anstå. Nu skulle det här bli en ny bok för Steve. Bok nummer 10. Den skulle varvas med självbiografiskt material och sedan skulle den ges ut för stora pengar och som vanligt leda till en förlust men vad gjorde det. Han fick i alla fall skriva av sig och barnen var fantastiska. Det fanns inget viktigare än barn i Steves liv. Också de vuxna barnen var snälla.

KAPITEL 2

NICCI OCH NAT 13 juli 2020

Nicci och Nat är 2 välmående tjejer på 4,5 och 8,5 år. Båda har lätt för sig på dagis och skola. Båda har många kamrater men Nicci hade en bättre relation med sina klasskamrater på 'sexårs' än i första klass som hon gått klart i juni. På 'sexårs' var allt mycket snällare och hon var lite av en ledargestalt. Det var hon inte längre enligt vad Steve erfarit och hon hade haft en del problem med killar som var 'dumma'. Om de var genuint dumma eller bara intresserade av henne och visade det genom att göra hyss var oklart. Det var ofta som Nicci kom hem och klagade på killarnas beteende och även på fröknar som var 'orättvisa' och inte lyssnade på henne när hon kom med kritik av pojkar eller andra barn.

Nicci var en dramaqueen som väldigt gärna ville att Steve skulle ta kontakt med dumma barns föräldrar och "skälla ut dom" för att de varit dumma mot Nicci. Det blev inte så. Steve anade ugglor i mossen och det var inte lyckat när man började ringa hem till andra barns föräldrar. Det kunde skapa motsättningar som var svåra att överblicka.

Nicci gick på Ulvsätersskolan i Sätra. En riktig 'multikulti -skola' med massor av olika nationaliteter. Inte minst från Somalia, Irak och Syrien. Hon var mycket duktig på att läsa och hade lätt för att räkna. På grund av sin längd -150 cm- var hon även bra på idrott och hon var snabb. Hennes största favorit i klassen var Pela, men hon var också väldigt tjenis med Gindo som var 10 år. Genom Steve och Belinda hade barnen alltid känt varandra. Både Belinda och Pelas mamma var från Tanzania och Nicci och Nat hade också väldigt bra relation med Gindos mamma Rehema. Pappa Peter hade man också bra relation till men man sågs inte så ofta.

Nat kom sams med nästan alla barn och hamnade sällan i konflikt med dem. Vissa barn lekte hon mer med än andra som Nelly som till och med varit hemma hos Nat och som hon även varit med några gånger till Leklandet Delfinen

innan det stängde på grund av coronan. Nat var
så social att hon glatt pratade med folk i hissen
på hotell och så när följde med kompisar hon
nyss träffat till deras rum i stället för till föräld-
rarnas. Ett lite farligt drag.

Nat var en oerhört charmerande person och
charmade ofta sin omgivning på ett påtagligt
sätt men hon var också väldigt, väldigt bestämd
och visste vad hon ville. Hon kunde tjata ihjäl
sig över saker hon ville ha och när hon väl börjat
tjata tog det aldrig slut. När familjen var på
Öland under veckan bestämde hon sig för att
hon ville ha en 'riktig' hund trots att mamma var
allergisk. Hon bara skulle ha en hund och tog
inte emot argument om att det inte gick. Som
kompensation för att hon inte omedelbart fick en
hund så ville hon klappa alla hundra hon mötte.
Varje dag på Öland så blev det ofta minst tio
hundar som skulle klappas.

På vägen hem till Gävle så var det inte längre
en riktig hund hon ville ha utan en fin leksaks-
hund på 'Erikshjälpen' som var samlingsnamnet
för alla 'second handbutiker'. Pappa och mamma

lovade snällt att de skulle stanna vid 'Erikshjälpen' om en sådan dök upp under färden men det gjorde den aldrig.

Nat och Nicci älskade att bada och fick de bestämma skulle de gärna bo på ett badhus. De var inga badkrukor och badade även när det var kallt. Så var det bevisligen på 'Sonjas camping' när de var där under veckan på Öland och den snälle Dr Anders kört runt barnen i närmare en timma med sin traktor och vagn med madrasser.

Nicci lärde sig simma redan när hon var 5 år och hon tjänade då – liksom brorsan Alex gjort när han var 5 år – 100 kr efter att ha simmat 100 meter. Nicci tog även en massa märken när hon var i 5-6 års åldern. Syster Nat var jätteduktig på att simma med flytväst och tog sig fram lika snabbt som storasyster. Det var inga problem att simma 50 meter utan att stanna för Nat när man var på Fjärran Höjder under det fina vädret vid midsommar. Då hade man under några dagar en nästan tropisk hetta men det var då det. Troligen skulle även Nat lära sig simma på riktigt, vid fem års ålder för redan nu simmade hon ett par meter även utan flytväst.

90% av tiden var Nat och Nicci väldigt bra kamrater som älskade att vara tillsammans men 10% av tiden var de som hund och katt. Då hade ofta Nat gjort något hon inte fick för storasyster och blivit skarpt tillrättavisad varvid Nat blivit fly förbannad och attackerat storasyster rent fysiskt. Storasyster slog aldrig tillbaks även om det hade varit begripligt för Nat hade starka nypor och var hon tillräckligt arg så var det örfilar i ansiktet som gällde. Att hon absolut inte fick göra så och att föräldrarna markerade väldigt snabbt var något som Nat inte brydde sig så mycket om och särskilt inte efter att det gått några timmar från sista tillsägelsen. Utbytet var hur som helst mycket stort och de kunde sitta i timmar som ett litet kärlekspar och titta på tv tillsammans och Nat kunde kamma sin systers hår eller vice versa.

KAPITEL 3 – I BACKSPEGELN

1953-1963

MIN BARNDOMS SOMRAR

Det är inte alltid helt lätt att komma ihåg sin barndoms somrar.

Man behöver något att hänga upp det på. I mitt fall så var det ganska enkelt under åren 1960-1965 eftersom jag var med min far och mor dessa somrar.

År 1966 gick min far över från malmfartyg, Grängesbergsbolaget, till Salén rederierna och supertankers. Då kunde man inte följa med längre.

1958

Det året fyllde jag 5 år och då var jag utarrenderad till faster Anna-Lisa på Käringön i Bohuslän och till faster Birgit och farbror Olle. Hos Anna Lisa var jag inte så många dagar. Minns att det var spännande med små kycklingar och att faster gjorde egen filbunke som hon tog socker på och gav till mig. Det var mycket gott. Hennes man var fiskare och för första gången i mitt liv fick jag se humrar. Han hade lagt ut hummertinor och jag minns att jag tyckte klorna var väldigt imponerande. Anna Lisa hade en son men jag har inget minne av att vi träffades den sommaren. Jag kan ha fel.

Samma år flyttade vi från Fjällgatan i masthugget till Norra Biskopsgården.

1959

Det här året var lätt att minnas för att min syster Hillevi kom till världen detta år. Heidi hade fötts 1956 och var nu 3 år. Vi var inte ute med min far den här sommaren av naturliga skäl eftersom Hillevi kom till världen den 15 augusti. Med mormor och morfar och morbröderna Östen och Inge var jag också på rörtången. Båda morbröderna var duktiga på att sysselsätta mig. Särskilt morbror Inge men mest var jag med morfar. Han och jag gjorde fällor för de eländiga getingarna som fanns överallt på tomten och även tog sig inomhus om man inte såg upp. Med morfar kunde man plocka bär, röka makrill och bygga getingfällor och annat användbart.

1960

Nu hade jag hunnit bli 7 år och den här sommaren tillbringade vi på resa till USA och Canada. Jag minns att jag tyckte skyskraporna var mäktiga i Baltimore. Där köpte jag också ett 'Winchestergevär' samt ett par bra revolvrar lämpliga för knallpulver.

När vi var i hamn i USA kom det ombord några svenskamerikaner. Min far, som tänkte på min och Heidis ekonomi, uppmanade oss att sjunga för svenskamerikanerna och naturligtvis så föll de som vindpinade furor för vår skönsång och vi 'kammade' båda hem några dollar var. En dollar stod i 5,18 på den tiden och det var väl som en 100 lapp nu ungefär. Bra betalt. Kanske mitt första extraknäck om jag tänker efter. Visserligen så tjänade jag ju 25 kronor samma år för att jag högg upp en massa ved hemma men det uppdraget var inte klart när vi åkte till USA.

Jag kom 2 veckor för sent till skolstart och klasskamraterna tyckte det var häftigt med en kille som fått åka båt till USA under sommarlovet medan de andra hässjat hö och tagit upp potatis.

1961

Detta år föddes min bror Joakim, närmare bestämt den 7 maj. Samma dag som min bror föddes och min mor låg på förlossningsavdelningen skulle jag vissa mig tuff för killarna i byn. Jag klättrade upp i en klen tall och lyckades knäcka toppen på tallen och föll i backen och hamnade på en sten. Svimmade och sprang sedan hem till vår hemsamarit som fick skjutsa mig till sjukhuset där jag fick sy 7 stygn.

Den här sommaren så gjorde vi bara kortare resor till Narvik och Antwerpen. När vi var ute med min far brukade vi alltid gå på kinarestaurang. Jag kan fortfarande minnas hur lyxigt det kändes att äta kinamat. Ett annat stående inslag på somrarna var att gå på Zoo om det fanns något sådant. Det fanns hur som helst i Antwerpen och i Hamburg och kanske i Rotterdam också?

1962

Detta år var hemskt. Det var det året som
min mormor och morfar blev påkörda av en
lastbil med släp, på väg till sin sommarstuga på
Rörtången, och min mormor höll på att förolyck-
as. Min morfar klarade sig med att näsan loss-
nade men den tryckte han på plats i väntan på
ambulans. I vart fall enligt hans egen berättelse.
Han var duktig på att frisera sina minnesbilder
en aning. Min mormor fick svåra inre skador och
låg i koma i flera veckor.

Hon repade sig aldrig efter olyckan och blev en
mycket bitter människa. Hon var snäll mot oss
barnbarn men de som hon inte tyckte hon behöv-
de hålla sig väl med råkade illa ut. Dit hörde min
far. Inställningen till varandra var ömsesidig och
han ondgör sig fortfarande över hennes minne
trots att hon dog 1994.

1963

Om sommaren 1962 var dålig så var somma-
ren 1963 desto bättre. Det här var ett bemärkel-
seår. Jag hade gått ut trean på Bäcks skola. Min
magister Skog hade inte lyckats lära mig att sim-

inte ens var en farlig haj. Man hade dock hajspa-
ning hela tiden så det var väl inte helt ofarligt att
bada där.

Det var häftigt att bo på hotell. Det hade jag
inte gjort tidigare vad jag minns. Hotellet hade
massagesängar som man kunde ligga och skaka
i om man inte hade något bättre för sig, samti-
digt som man tittade på Lucy show. Ett populärt
program på den tiden.

Det som var allra häftigast var att köpa en all-
deles iskall cocacola för 10 cent – 50 öre – Den
första i mitt liv från en Coca Colaautomat. Vil-
ken känsla för en tioåring.

Det var också väldigt spännande att köpa gröna
stora kokosnötter och tidningen Dennis.

Ett oförglömligt minne var att åka Ford Mus-
tang Cabriolet och styra färden mot Miami. Där
kunde man beskåda delfinen 'Flipper' som upp-
trädde på delfinariet. Samma Flipper som man
gjorde en massa filmer med under 60-talet.

Ett äventyr som hette duga.

Även tillbaka färden från USA till Sverige
var mäktig. Jag ägnade tiden åt att bada, spela

pingis och måla allsköns pollare och annat ros-
tigt. På kvällarna kunde man även få se på film i
en samlingslokal. Minns att vi såg 'Änglar finns
dom' med Christina Schollin. I filmen hade man
det kloka konstaterandet om ost: "Ger kalk" och
om en nubbe "motverkar åderförkalkning", Den
repliken kom från den uppskattade skådespela-
ren Edvin Adolfsson. Det var tiden det.

KAPITEL 4

15 juli 2020

Efter en hel veckas semester började Steve arbeta igen. Hur mycket han förlorat i intäkter på den semesterveckan vågade han knappt tänka på. Tur att han ändå var i Sverige och inte slösade bort 30-40000 kronor på en semestervecka till någon löjlig liten grekisk ö eller Mallorca eller någon annan turistfälla med betydligt sämre stränder än Öland. Öland är ett paradis. Det var här han spelat beachvolley naken med ett antal tyskar 1977. 'Maudan' satt i en av sanddynehålorna och kikade intresserat. Hon satt i lä. Också naken. På Öland var det väldigt lämpligt att vara nudist eller något åt det hållet. Flera tusen var nakna en vacker dag på Böda Sand. Det var Steve inte längre. Han saknade kropp för det. Inget 'sixpack' nu inte. 30- 40 kg tyngre. Inget att visa upp.

Men nu var det arbete som gällde. Han var på jobbet redan på söndagen för att sortera det kommande arbetet. Det var en fördel med att komma hem på en lördag så att man kunde jobba på söndagen. Klokt.

Steve gjorde en massa nytta på måndagen och kunde med gott samvete åka på massage på lunchen. Något av det bästa som fanns. När han kom hem var han trött och ville vila men det gick inte an. Minsthjärtat Nat skakade om sin far ordentligt när hon sa:

"Kom nu. Vi ska åka. Har du glömt att vi skulle åka till Lekia?" Det var inget de kommit överens om gemensamt utan det var ett diktat. Under söndagen hade de inte hunnit till Lekia – som är en leksaksaffär – och då var det självklart för Nat att man åkte så fort man kunde kommande dag.

"Kom ihåg att vi inte ska köpa något dyrt. Det är inte fredag i dag och ingen fredagspresent på en måndag," sa Steve förmanande.

"Jag vet pappa. Bara en liten present och inte dyr." Jag lät mig bevekas och vi åkte iväg.

Storasyster ville inte följa med. Hon hade egna pengar att handla för men ville för allt smör i Småland inte göra av med några slantar. Hon var skyldig Steve pengar för del i Gokartresor på Öland och nu ville hon ha nya turer i Gävle så snart det bara gick. Veckopengen på 50 kr skulle inte räcka eftersom en tur kostar 150 kr eller mer. Å andra sidan så krävde Steve 50 kr från henne. Högt räknat. Det viktiga var att hon bidrog lite grann.

De kom till Lekia och Nat tog Steve i handen för att visa var man skulle leta lämpliga presenter. Nat gjorde inget försök att gå till ett kg vitt papper för 25 kr eller en pysselbok för 49kr. Hon gick direkt på små exklusiva dockor som man kunde få att låta. De kostade 99 kr och det var inte billigt som de kommit överens om.

"Det där var ju för dyrt," sa Steve. "Kan du inte välja något annat?"

"Sluta tjata pappa. Nu går vi och betalar och åker härifrån."

Så blev det. Steve var glad att han inte hamnat i den utpressningssituation som han hade hamnat i för ett par månader sedan. Då vägrade

Nat lämna butiken om hon inte fick en docka
för 500 kr. Det sved men det blev ju som hon
ville som så ofta. Efter det var han mycket mer
försiktig och preparerade Nat innan de kom till
denna livsfarliga butik. Men nu föll han till föga
men var ändå glad att det inte blev mer än 100
kronor. Steve kostade på sig lite godis för en tia
och sedan åkte de till 'Sätra katthem' där de blev
bjudna på kaffe med dopp. Det var ju en bespa-
ring på 50 kronor. Det kunde varit värre med an-
dra ord. Hoppade också över att köpa komplette-
rande mat så då blev det ännu större besparing.
Steve var sparsam när han kunde och i slutändan
blev den här dagen ganska bra. Om han räknade
bort besöket på systembolaget vill säga.

18 juli 2020

Nat vaknade vid 8.30 tiden och var på gott
humör. Hon vaknar ofta vid den tiden även på
helgerna trots att hon ibland har varit vaken
till 23.30 dagen innan. Hennes mor sov vidare
liksom storasyster som gärna vill ligga och dra
sig till 10 snåret.

Nat bestämde sig för att det var Erikshjälpen

hon ville åka till i dag. I går var det Lekia. Det var viktigt att göra upp ett program tidigt och sedan nöta in det 10-20 gånger innan man 'äntligen' kom i väg. Storasyster var inte lika tjatig. Hon önskade sig go-kart. Hon var skyldig minst 50 kr från förra go-kartresorna på Öland men det hade hon glömt allt om. Av pedagogiska mer än ekonomiska skäl ville Steve inpränta i henne att aktiviteter för 150 kr eller mer kunde man vara lite försiktig med. Att lillasyster inte förstod att det var skillnad på ett gosedjur på Lekia för 350 kr i stället för 100 kr var en sak men storasyster borde kunna förstå det nu när hon är 8,5 år gammal. Hon är också tämligen villig att göra diverse saker för att tjäna ihop mer än veckopengen på 50 kronor men problemet är minnet.

"Gör det här och det här medan jag är borta, så tjänar du så och så", brukade Steve säga till henne då han gick till jobbet. Men när han kommer kom hem var det vanliga svaret:

"Oj, jag glömde" eller "mamma sa att jag skulle städa mitt rum, så jag hann inte". Påhitten är många och har viss variation. Lite skuld känner hon nog men det är inte mycket.

Lillasyster är mer rakt på. Ungerfär som Steve
när han försöker sälja sina böcker som de flesta
tycker är gränslöst besvärande. Särskilt 'George on the Hill'. Om Nat lekte med ett tråg med
vatten på matbordet istället för i badkaret eller
vasken i köket så var det 'Piggy' – en sagogris
– som sagt att hon skulle göra det och det var
'Piggy' som gjorde att hon spillde. Då gällde det
att hänga på för annars blev hon långsur och satte sig i något hörn och grät krokodiltårar. Det lät
ganska förfärligt och Steve ville vara sams med
sina barn. Några långförmaningar fanns inte på
kartan. I alla fall inte så ofta.

När vi började diskutera vilket gosedjur vi
skulle hitta på Erikshjälpen – hon har minst 50
och säkert 100 har vi givit bort – så blev hon på
bättre humör. Fördelen med Erikshjälpen är att
där är priserna 10-20% av vad det kostar på Lekia. Å andra sidan får man ju inga stämplar på
Erikshjälpen. Om man köpt för minst 250 kr så
får man en stämpel på Lekia och efter att 'bara'
handlat för 2500 kr får man ett tillgodohavande i
butiken på 150 kr. Inte jättemycket men å andra
sidan inte heller försumbart. Handlade man för

samma summa på ICA under en månad får man en värdecheck på 25 kr. På Lekia 6 gånger mer. Det tyckte Steve om då han är smålänning in i märgen. En smålänning som kan vara gränslöst slösaktigt. I vart fall när det kommer till bilar. Tack och lov har han slutat köpa skjortor och byxor på Ascot för 1000-1500 kr/ styck. Nu är det rea som gäller och gärna Erikshjälpen. Det händer att han hittar en 'Etonskjorta' som knappt ser använd ut för 60 kronor som hade kostat 1400 kronor. Sådana dagar är bemärkelsedagar även om det aldrig ger riktigt samma känsla att bära något som är begagnat. Dit har han en bit kvar att gå.

Steve gladdes oerhört över att det inte gick att resa utomlands. På så sätt slapp han hemska utgifter på kanske 40 000-50 000 för en veckas vistelse i Dubai eller Gran Canaria. Covid-19 rapporten var klar liksom morgonlimerick samt dusch och annat toalettbestyr. Nu väntade fru-kost och sedan Erikshjälpen.

KAPITEL 5

TILLBAKA TILL ÅREN 1956-1960

FJÄLLGATAN/Mor och Heidi

Jag kan inte skryta med så väldigt mycket minnen från mina allra första levnadsår. Harry Martinsson kom ihåg en elak fluga som angrep honom när han låg i barnvagnen men så tidiga minnen har inte jag. Mina minnen startar med att ambulansmän kom och hämtade min mor i samband med att min syster Heidi skulle födas den 1 februari 1956. Då var jag 2 år och 9 månader. Jag mindes situationen som jobbig men det var trösterikt att min morfar kom med motorcykel och sidovagn och tog mig till deras etta på Kabelgatan i Majorna som är en stadsdel i relativt centrala Göteborg.

Vi bodde själva på Fjällgatan, en bit upp i backen. Vi hade en etta med toalett i trapphallen och utedass på gården. Jag minns att det låg en livsmedelsaffär en liten bit ner i backen. Vi hade

det. Morfar var snickare och väldigt händig. Han byggde allehanda saker till mig och det var också han som lärde mig hur man kunde göra egna tennsoldater genom att smälta tennet. Han ville även hjälpa mig att sluta bita på naglarna genom att han samlade ihop diverse tånaglar och gav mig dem i en påse. Tyvärr hjälpte inte det äckliga knepet. Jag fortsatte oförtrutet bita på naglarna.

Mormor var inte så mycket äventyr. Hon var trygghet och hon var jätteduktig på att laga mat. Hennes köttbullar var något alldeles extra. Hos mormor fick man också legymsallad. Det fick jag aldrig hemma. Av någon anledning tyckte jag om legymsallad som väl inte var någon direkt barnmat. Överhuvudtaget kändes det lyxigt att vara hos mormor och morfar. Det ständigt återkommande nöjet var att spela kort. Av morfar fick jag tidigt ett munspel och sedermera ett pianodragspel. Morfar sjöng en hel del och särskilt om han 'tagit en flaska drick'. Han hade högsta betyg i sång i skolan och lär också – enligt min mor – ha sjungit för Gustav V som barn.

INGE OCH ÖSTEN

Mina morbröder Inge och Östen träffade jag ofta. Östen var äldst och 7-8 år yngre än min mor som var 20 år äldre än jag. Östen träffade snabbt Nancy och Östen och Nancy var genomsnälla och extra snälla mot min syster Hillevi som dök upp 1959 och min bror Joakim som kom två år senare det vill säga 1961. De var ibland hos Östen och Nancy hela somrar.

Inge är 6 år äldre än mig och vi umgicks en del. Med Östen blev det ofta fiske eller schack. Med Inge blev det också schack men inget fiske. Inge var väldigt konstnärlig. Han ville gärna visa upp sina alster för mig och ville att jag skulle tycka till om dem. Han hade stort behov av uppmuntran.

GUDMOR BIRGITTA

Gudmor Birgitta var också en viktig person när jag växte upp och vi var rätt ofta ute på landet där jag antar hennes föräldrar bodde och hade bondgård. Genom henne fick jag för första gången vara med och hässja hö och framförallt åka på hölass. Vi träffades relativt ofta och jag och Heidi var också brudnäbbar när Birgitta och Yngve gifte sig den 14 maj – på min födelsedag – 1960. Jag var då 7 år gammal. Birgitta har jag fortfarande kontakt med via facebook och jag träffade henne förra året på min mors begravning.

Hennes Yngve hade gått bort ett antal år innan. Birgitta var duktig fotograf och hon gav mig ett fotoalbum i samband med att jag konfirmerades och det albumet har jag fortfarande kvar. Mycket kul att gå tillbaks till det då och då.

RÖDHÅRIG FLICKA

På Fjällgatan fanns det en rödhårig flicka som jag lekte med. Hon var sannolikt min bästa kompis på den tiden runt 1957-58. Märkligt nog så kontaktade hon mig via facebook för ett par år sedan och avslöjade att hon var den där rödhåriga tjejen som jag lekt med som barn. Hon var då kommunalråd i Fiskebäckskil eller någon annan plats i Bohuslän.

FAMILJEN TÖRNERYD

Familjen Törneryd bodde i Göteborg på 50-talet och faster Britta och hennes barn träffade jag ofta under de här åren fram till 1960 då vi flyttade upp till Västergötland och besöken glesades ut. Faster Britta var genomsnäll och det var även hennes man John som dessvärre rycktes bort i tidig ålder. Barnen Lena och Britt har jag fortfarande kontakt med på facebook men ingen riktig kontakt. Faster Britta lämnade oss för 1-2 år sedan. Hon var då i 90 års åldern.

FARMOR OCH FARFAR

Min farfar Fritz är en av de snällaste människor jag träffat i mitt liv. Han bodde med min farmor på Stillingsön på Orust. Där bodde också min farbror Mats och min farbror Bengt. Min farmor vill jag minnas gick bort runt 1960. Hon var en ganska arg person och jag var lite rädd för henne. Fick aldrig någon känsla för henne och inte heller att hon brydde sig om vem jag var. Min farfar brydde sig om mig från första stund. Han hade ett fantastiskt skratt och när han skrattade så hoppade hans rygg vilket jag konstaterade när han satt bakåtvänd. När vi kom och hälsade på så kom ofta pappas bröder dit och då satt de och ljög och orerade tillsammans. Det var mycket underhållande att höra deras skrönor men det var sannolikt i lite högre ålder som jag förstod att de skarvade en del för att få till en bra historia.

Hos farfar var det spännande att hälsa på grisarna och hönsen. Att få hämta hönsägg var en stor ära och det fick jag göra för farfar. Han drev ett trädgårdsmästeri och innan man begav sig skulle man alltid ha med sig grödor från hans fina trädgård. Jag minns att farfar fanns när min far fyllde 50 – 1981 – och min syster Hillevi gifte sig med Sören. Man hade fest tillsammans. Farfar föddes 1889 – om jag inte minns fel – och dog året innan han skulle ha fyllt 100 så det måste rimligen ha varit 1988. Han var mycket saknad.

1958-1960

Under 1958 flyttade vi till Norra Biskopsgården som då var alldeles nybyggt. Där föddes Hillevi 1959. Närmare bestämt den 15 augusti.

Jag minns att det var väldigt varmt den sommaren och jag gick omkring i mina fina Tarzanbadbyxor.

Trots att lägenheten var jättefin och modern så fanns det en massa ligister i området som stal från källarutrymmen. Det var sannolikt det som bidrog till att mina föräldrar blev månskensbönder och flyttade till Västergötland under 1960 men det kommer vi till lite senare.

KAPITEL 6

ÄSPÄNG 1960-1961

Vi kom till Töreboda station med tåg den
30 april 1960. Vi som kom var jag, min syster
Heidi och Hillevi och min mor. Det var grannen
Herbert som hämtade oss i sin 'gurksnutt' till
Saab 92 eller motsvarande? Jag tyckte genast om
Herbert och fascinerades omedelbart över hans
löständer som gjorde att ansiktet såg ut som en
tvättmaskin fylld med tvätt. Tänderna rullade
runt i ansiktet likt en berg och dalbana. Jag hade
sett löständer förut. Min mormor hade löständer
men inga som rörde sig så här mycket. Löständer
var ett tecken i tiden och det var förmodligen
betydligt billigare än diverse tandbryggor.

När alla packats in i den trånga bilen började
Herbert köra. Han var en säker och lugn förare.
Vägen till Äspäng dammade rejält då den ännu
inte var asfalterad. Det tog kanske 10-12 minu-

ter i maklig takt att köra de 10 kilometrarna till 'Mellangården' och då vi kom fram blev jag eld och lågor. Det var inte bara ett fint bostadshus utan det var ett rejält magasin, ett hönshus, en snickarstuga och en tvättstuga. Tomten var på dryga 4 000 kvm varav knappt 1 000 kvm gräsmatta och resten naturtomt och diverse land.

Pappa var på plats när vi kom och visade mig stolt runt. Han visade också en gigantisk hög med ved som han kapat till rejäla bitar som skulle klyvas. Jag hade fullt sjå att klyva en enda bit och varje stycke skulle klyvas flera gånger. Jag blev på stående fot erbjuden 25 kr för att klyva all ved så att man kunde elda med den. Det förväntades av mig som var äldsta barnet. Jag hade nästan fyllt 7 år så jag var stora grabben. Att få 25 kr hägrade förstås. Det motsvarade sannolikt minst 250 kr i dagens penningvärde och kanske så mycket som 500 kr. Det var i alla fall en förmögenhet och det var mitt allra första betalda arbete. Det skulle bli mycket mer av den varan.

Min mor älskade att baka men hatade att diska så det blev en hel del slantar på att diska och på en gård finns det förstås så mycket mer att göra än det. Vi hade inget varmvatten så allt vatten skulle kokas. Vi hade inget färskt vatten utan – bara en pump med vatten som inte gick att dricka – så allt färskvatten skulle hämtas liksom ved och koks etc. Snart skulle min far ge sig ut på böljan blå och då var det mina arbetsinsatser som min mor behövde. Min syster Heidi var 4 år och kunde inte göra många knop. Inte heller min syster Hillevi som var knappt ett år.

När jag tittat runt och bekantat mig i det fina huset som hade en rejäl eldstad där man kunde elda med ved och koks så var det dags att hälsa på de tre grannpojkarna. Det var Herbert och Brittas pojk Lasse. Deras gård hette också Mellangården och det var Per i Norrgården som var tre år äldre än mig och Bjarne som bodde i Sörgården. Han var lika gammal som Lasse. Det fanns också äldre syskon till Bjarne och Per men Lasse hade inga syskon.

Barnen var snälla första dagen och jag skulle komma väldigt väl sams med Lasse medan Bjarne ganska snart blev en antagonist. Men det skulle dröja något halvår innan han visade sitt rätta elaka/mindre snälla jag. Per i Norrgården var mycket vänlig mot mig men såg mig inte som en jämlike. Han var ju 10 år och jag bara 7 år. Per hade också en storebror som hette Jonas och en storasyster som hette Alva. Alva spelade i ett band som var ganska populärt. Lite lokalvariant av Göingeflickorna. Pappa Brynolf och mamma Linnea var också mycket vänliga. Alva var lite väl bestämd av sig så henne var jag en smula rädd för. Brynolf var ofarlig och talade oerhört sävligt. Han var lokalpolitiker för centerpartiet. Ett tungt namn enligt vad jag erfarit.

Vi hade en månad på oss att bo in oss innan det var dags för familjen att också ge oss ut på 'böljan blå' med min far. Han jobbade som styrman för Grängesbergsbolaget som fraktade järnmalm. Ofta lastade man i Narvik och sedan begav man sig ut i vida världen. Det här året skulle man åka ända till USA och Baltimore och sedan till Newport News samt Seven Island i Kanada. Resan var väldigt spännande och överfarten tog närmare 14 dagar. Lika lång tid tillbaka. Det har jag beskrivit i tidigare avsnitt.

FREDSBERGS SKOLA 1960-1962

Det var mycket att berätta för skolbarnen när jag några dagar försenad anlände till Fredsbergs skola med skollärare Anna Lisa Lindblom. Hon var en mycket vän och vänlig varelse. Jag tyckte mycket om henne. Vi höll till uppe på kullen första året i en liten skolbyggnad, helt nära lärare Lyrvalls hus där han bodde tillsammans med sin fru. Lyrvall var mycket sträng och hade inte bara hand om sin klass som kunde vara en femma eller en sexa. Han var också tillsynslärare och skulle försöka få stopp på alla bråk på skolgården vilket inte var det lättaste. Man slogs mycket på landet när man inte lekte 'Vem är rädd för svarte man' eller spelade brännboll. 'Bro bro breja' kunde också duga på rasterna och 'Burken' förstås. Tjejerna hoppade för det mesta hopprep.

Fröken Anna Lisa bodde med sin man och sina två barn strax bortanför familjen Lyrvall i ett nybyggt hus. Det ansågs mycket stiligt och modernt. Sten – en av frökens söner – gick i samma klass som jag. Hans pappa var möbelhandlare och hade möbelhandel i Töreboda,Tibergs möbler. Han flyttade sedemera över verksamheten till Mariestad.

Skolan låg fem kilometer hemifrån och vi tog oss dit med skolbuss eller taxi. Vi åkte ståndsmässigt med amerikanska Chevroletbilar som hade vingar. Bilarna var säkert från sent 50-tal. Om man missade skolbussen som hämtade upp oss en kilometer från bostaden vid 'Sand' så var det till att cykla till skolan. Det var lite jobbigt och särskilt för att det fanns en elak hund på vägen som tyckte om att springa efter mig.

I grunden trivdes jag ganska bra i första klass men det fanns en elev som hette Peter som inte var så snäll. Han var en typisk mobbare men jag klarade mig för det mesta.

Frökens grabb Sten var kompis med flera i klassen och när man kom och hälsade på honom så var det brukligt att man gick ner till en liten butik i Fredsberg som sålde godis. Det fanns 1, 2 och 5 öres-kolor och annat gott. För en 50 öring blev det ganska mycket godis. En sådan påse fick man av Sten, om han var på gott humör, i samband med att man hälsade på. Så här i efterhand kan man tycka det var märkligt att det kunde ätas godis när som helst men så var det i alla fall när man var hos Sten.

Jag hade lite problem att lära mig läsa i början men i slutet på ettan så lossnade det rejält och i andra klass som vi kommer till så läste jag obehindrat böcker. Jag blev tidigt bekant med Stellan Westerberg som var en mycket vänlig kille. Det var svårt att bli osams med honom. Han öppnade i sin tur dörren för klanen Westerberg med sex barn. Stellan kom någonstans i mitten. Genom Stellan blev jag också bekant med hans ett år äldre bror Dan Westerberg. Dan var huvudanledningen till att jag 1973 började läsa juridik i Uppsala. Stellan hade också en storasyster vid namn Gunhild som var snäll mot mig och intresserad av mig och vår familj. Kanske för att vi kom från Göteborg.

HERBERT OCH BRITTA

Lasse och jag fastande för varandra direkt trots att det var två år emellan oss. Lasse tog mig ut på diverse äventyr och lärde mig gillra råttfällor och annat nödvändigt på landet. Han hade tidigt luftgevär och försökte pricka feta råttor inne på logen. Herbert lät mig snabbt

vara med och arbeta i ladugården och även köra
dyngkärror. I början så gick det inte särskilt bra
utan ibland tippade kärran med kobajs. Då svor
Herbert som en borstbindare men inte så mycket
åt mig utan att han låtit mig försöka. Det var lite
mindre riskfyllt att låta mig 'mocka' i 'lagårn'.
Jag fick även vara med och öppna för korna och
vara med och släppa ut korna i hagarna på mor-
gonen och ta in dem på kvällen men det gällde
under mitt skollov. Korna tyckte jag ganska bra
om men vid ett tillfälle var jag oförsiktig och
gick framför en ko som bjöd mig på luftfärd.
Som tur var så blev jag inte spetsad av hornen.
Där miste jag annars ett av mina nio (katt) liv.
Herbert blev som en bonuspappa för mig, Han
älskade sin Britta och brukade säga till henne 'o
vilka fina lår du har' och Britta log lite blygt och
lite skamset att han sa det inför granngrabben.

Britta var en stor och frodig kvinna på dryga
1,6 m Något längre än Herbert som nästan var
dvärgkort. Herbert var stark som en oxe och tog
spannmålssäckar på över 100 kg och bar upp
dem till övervåningen på sitt spannmålsmagasin
där spannmålet maldes till mjöl som man gav till

korna.

Britta älskade att baka bullar och matbröd. Herbert älskade smör och brukade ha ett centimeter tjockt lager på sina ostmackor. Britta hade bra tänder bortsett från att det fattades en oxeltand, centralt placerat i överkäken. Det bekymrade henne aldrig och under alla år så blev det ingen ersättning för gluggen. Britta tyckte också om att tvätta och hon hade egen tvättmaskin, vilket inte vår familj hade de första åren som månskensbönder. Hon brukade hänga upp sina för tiden typiska skära knälånga underbyxor på ett streck nära vår tomtgräns. Tämligen exotisk för en 7-8 åring. Min mor hade betydligt modernare trosor och hon lät dem inte hänga ute.

Herbert var inte bara en fantastisk bonuspappa som kallade mig för professorn och advokaten om vart annat för att han tyckte jag var så lillgammal. Han tog mig också till 'Grevby' speedwaybana. Det var något visst att som grabb åka dit och se speedwayklubben Örnarna göra väl ifrån sig. En av grabbarna – Lill-Bengt Svensson – blev väldigt bra och tillhörde Sverigeeliten enligt vad det ryktades i byn. Om det var sant

vet jag inte. Jag vet bara att när han träningskör-
de i skogarna ovanför sitt torp i västra delen av
Äspäng så lät det ända hem till oss.

53

KAPITEL 7

NUTID

EFTERTANKE

Steve tyckte inte det var helt lätt att skriva sina memoarer och det kändes också lite förmätet. För vem i hela friden skulle vilja läsa dessa spridda anteckningar? Ingen av hans andra böcker har ju varit särskilt säljbara. Ja, bortsett från 'Medan latten kallnar' som kom för 12 år sedan. Nu hade han skrivit fyra böcker på ett halvår men kanske är det fel att säga att det är fyra, för två är visböcker och de hade han skrivit tillsammans med Goran Ullfager. En gudabenådad ordvridare som kan vända på vilket ord som helst. Vilken gåva. Det var kul att skriva först 100 och sedan totalt 200 texter med den fryntlige, gotländske ordbajsaren Goran.

'Körliv' var Steve ensam om och tämligen nöjd med. Den första 'Mitt liv som körsångare' var själva basen till 'Körliv' som var en bearbetning och en fortsättning. Visst gick det trögt att sälja både 'Sopranos 200 visor' och 'Körliv' men vad gjorde det egentligen? Förr eller senare skulle det ju lossna. Ekonomi var inget problem. Vägen var målet. Det var kul att se hur många av hans äldsta vänner krumbuktade sig för att slippa köpa. Inte minst George on the Hill som var en hängiven 'anti-köpare' Han liksom Jim Jasmin. Jim Jasmin vägrade att gå till bokhandeln och köpa ett enda ex trots att Steve under ett år sponsrat Jim med 30 000-50 000 kr och köpt allt han givit ut. Ofta tio exemplar av varje skiva som kom från hans hand. Visst var det konstigt men människan var konstig och irrationell. Så även hans bästa vänner.

Jim Jasmin hade varit en av hans bästa vänner men nu hade man övergått till ett viloläge. Ett viloläge som innebar att bara om Steve behövdes så kunde han själv få hjälp. Men just nu fanns ingen hjälp att få så det var inte lätt att sälja kläder för hustruns räkning och tänka på verandan som fortsatte läcka. Allt påminde om 'Den lilla hönan' som ville ha hjälp att så, skörda, mala etc men bara fick hjälp att äta det färdiggräddade brödet. Inga kusiner hörde av sig. Väldigt få av hans vänner – men vissa – och aldrig efter det att han tjatat. Då blev det bara värre. Då kom sarkasmerna också. 'Försöka duger', 'Alla knep är bra utom de dåliga' etc. När han gjorde en 'Jim Jasmin' och bad honom köpa en bok på bokhandel mot kvittningsvis fordran så fick han ett ilsket svar. Sedan svarade han inte alls på 'Messenger'. Det är en trend att inte svara på 'Messenger'. Det är nog i snitt bara två av tio som frivilligt svarar på 'Messenger'. De åtta andra hade säkert väldigt goda skäl att säga nej. Nu var det dock inte tid att förundras. Steve hade memoarer att skriva och han iddes inte gå omkring och vara besviken och 'förvånad'.

KÄNT FOLK KORSAR MIN VÄG –
MELLANSTICK

Varje gång när jag ser tillbaks på mitt liv så förvånas jag över hur många kända människor som korsat min väg. Jag har tagit upp det i tidigare krönikor vad gäller 70 och 80 tal så jag går direkt in på 90-tal.

KÖRSÅNG

Flera av kända människor som jag kommit i kontakt med har skett via musiken/sången. Så var det med Georg Riedel som jag språkade med första gången i samband med att han sjöng i Mariakyrkan, tidigt 90-tal. Jag träffade honom också vid ytterligare ett tillfälle vid uppträdande på konserthuset i Gävle i mitten av 90-talet. Det måste ha varit i samband med konsert med Gävle Kammarkör Concordia. Det var så jag också träffade genomsympatiska Monica Dominique och Hayati Café inför någon julkonsert i Konserthuset. Samma gällde för Stefan Nilsson som jag pratade med ganska länge i en paus inför en konsert. Det blev däremot inte så mycket sagt när jag träffade Arja Sajonmaa och Göran Fristorp inför ytterligare någon konsert i konserthuset.

Genom Concordia fick jag också chansen att träffa Robert Carl Oscar Broberg. Även det var på 90-talet men inför en konsert på Gävle teater där jag skulle spela Romersk soldat och sjunga lite. Efter konserten så gick jag och körkompisen

Lena till hans hotellrum på Scandic hotell för att hämta ut vårt arvode. Vi hade så när gått miste om det om Lena och jag inte hade gjort oss det här besväret.

Thomas di Leva ser jag som en vän och särskilt med tanke på att jag var på hans och Sofies fina bröllopsfest i en Hälsingegård utanför Söderala. Det borde ha varit 2014. På samma fest var också Monica Törnell. Vi har haft lite affärer ihop och jag har bland annat köpt tavlor av henne. Jag har även träffat Thomas på 'Engeltofta' där han tog emot ett kulturpris från Gävle kommun. Mamma och pappa var där och var väldigt sociala men Thomas var inte social den dagen. Jag var nog lite berusad och kanske för mycket 'på' som jag får höra att jag är ibland.

Därefter stötte jag på Thomas runt 2003 på 7/11 nära Tegnerlunden i Stockholm och då pratade han med mig och advokatkollegan Uno Aronsson. Inga problem där. Thomas har också anlitat mig under åren för diverse småjobb och det har alltid varit lika trevligt att träffas. Jag var även med i kören när han uppträdde i Hille kyrka för ett par år sedan.

Susanne Reuter blev jag lite bekant med genom min gode vän Agneta Blomgren i Arbrå. Plötsligt var Susanne på tråden och ville ha hjälp i något flyktingärende. Susanne var väldigt duktig på att engagera sig i flyktingfrågor i slutet på 90-talet. I samband med det så bad jag henne också gå med i Länderkommittén för f d Jugoslavien. Det gjorde hon gärna. Jag blev även kompis med Susanne via Anita Dorazio som kanske är den person i Sverige som gjort mest för flyktingar. Susanne gav bort teaterbiljetter till hennes olika komedier och då fick jag vara med på ett hörn. När jag lärde känna Susanne lite bättre så fick jag biljetter direkt av henne.
Vi gjorde även en resa till ett medium vid namn Lilly Gardeby tillsammans och med på resan var den genomsympatiske Claes Malmberg.
Det var runt 2001. Då hade jag också fått ett mål rörande Angela Stark och hennes barn Kimberly som blev extremt uppmärksammat i media.

Jag blev minst sagt förtjust i Susanne och hennes svala och lite blyga charme. Det var alltid ett nöje att prata med henne. Tyvärr så skildes våra vägar åt i början på 2000-talet. Jag träffade på

henne vid ett tillfälle efter att hon haft en före-
ställning på Oscarsteatern men då blev inte så
mycket sagt.

Claes Malmberg var också med i
Länderkommittén. Jag hjälpte hans barnflicka
och någon buddist som förestod hans
buddistcenter och vi träffades från och till.
Tyvärr är kontakten nu bruten men jag finns i
alla fall med i Claes Malmbergs memoarer, där
han sa något snällt.

Susanne Osten och Etienne Glaser träffade
jag 1999 i och med att jag hyrde rum av Etienne
efter att han och Susanne separerat. Susanne lät
mig också vara med på Stadsteatern i Stockholm
i en föreställning där jag skulle spela domare.
Det borde väl ha varit samma år som jag hyrde
eller möjligen året efter.

Kim Andersson har jag också träffat på. Vi
tog en öl tillsammans på restaurang Kvarnen vid
Medborgarplatsen. Vi var inte ensamma men
satt mitt emot henne så vi hann prata en stund.
Hon gjorde ett mycket trevligt intryck. Helena
Bergström med man Colin Nutley har jag också

språkat lite med men det kan vi ta en annan
gång.

Rolf Lassgård och jag hade barn på samma
skola och vid tillfälle frågade jag om han ville
vara med i asylkommitten i Gävleborgs län.
Det ville han gärna och även hans förtjusande
fru Birgitta som jag även stött på i tjänsten
då och då. Hon arbetar inom socialtjänsten.
Rolf och jag brukade heja på varandra när vi
tittade på hockey. Man stötte också på honom
när han köpte skivor hos Magnus som tidigare
hade hand om skivhandeln på Westerlunds tv
och radiobutik. Nu var det länge sedan jag såg
honom.

KAPITEL 8

1961-1962

Det här var åren i Fredsbergs skola och med
Anna Lisa som lärare. Jag hade ju börjat skolan
1960 som jag skrev ovan. Det hände ganska
mycket under 1961. Min mor tog körkort och
vi köpte en kombibil. En Opel Rekord som var
helt ok. Inte så gammal. När vi åkte och besökte
mina morföräldrar, vilket vi gjorde minst en
gång i månaden, låg barnen utspridda längst bak
efter att vi fällt ner baksätet. Säkerhetsbälten
fanns inte på den tiden. I vart fall inte i vår bil.
Ett annat säkerhetstänk än nu. Minst sagt.

År 1961 skaffade vi oss hunden Cilla som se-
dan var med mig under hela tiden upp till gym-
nasiet. Det var en schäfer. En riktig vakthund.
Om någon kom in på gården som Cilla inte
kände kom hon rusande och skrämde slag på
vederbörande. Svåra förhållanden för försäljare
med andra ord.

Familjen köpte tv detta år. En Concerton som kostade 1 100. Motsvarar sannolikt 15 000 i dagens penningvärde. Tv var väldigt spännande och jag och min mor blev snabbt beroende. Jag skulle alltid gå och lägga mig samtidigt med min syster Heidi men om klockan inte var så mycket fick jag komma ner och titta med min mor. Min far var inte hemma. Vi tittade bland annat på Perry Mason och Hylands Hörna. Innan dess hade man fått tigga sig till en och annan titt hos Greta och Holger som bodde nedanför Herbert och Britta. Det var där jag såg första julankan 1960. Jag har inget minne av att jag sett Julankan hos mina morföräldrar som troligen köpte tv runt 1960.

Det största som händer 1961 var att min bror Joakim föddes den 7 maj. Jag passade på att klättra upp i en liten gran för att imponera på grannpojkarna och förstås gick toppen av och jag föll handlöst ner – kanske tre meter – och slog i bakhuvudet. När jag vaknade så blödde jag ymnigt och sprang hela vägen hem till bostaden där hemsamariten Britta huserade och tog hand om oss ungar när min mor låg på sjukhuset för att föda. Min far var inte hemma. Honom såg man rätt lite av under uppväxten, som jag tidigare varit inne på.

Britta skjutsade mig till sjukhuset i Mariestad där jag fick sy sju stygn alltmedan min bror föddes. Jag tror inte min mor Gwen fick reda på vad jag ställt till med innan förlossningen var klar.

Eftersom min bror föddes i maj så blev det ingen sommarseglats för oss den sommaren. Året efter, när jag gick ur Fredsbergs skola – 1962 – så skulle vi egentligen åkt för att träffa min far men min mor som var synsk kände att något skulle hända så hon vågade inte åka till min far. Det som inträffade var i stället att mormor och morfar blev påkörda av en lastbil med släp som hakade i morfars trehjuling.

Morfar klarade sig med att näsan lossnade men den tryckte han tillbaks. Med mormor var det värre. Hon höll på att stryka med och låg i koma i säkert minst en månad. När hon kom tillbaks på banan var hon bitter. Hon tyckte hon hade hela livet framför sig – hon var runt 50 år gammal vid olyckan – men nu blev hon

handikappad och fick stora problem med hjärtat
och ena armen kunde hon knappt röra. Det tog
tid för henne att vänja sig vid sin nya tillvaro.

BÄCKS SKOLA 1962-1964

När andra klass i Fredsberg var avklarad
så var det dags att börja ny skola en dryg mil
hemifrån. Skolan hette 'Bäcks skola' och läraren
hette Skog. Det här var hösten 1962. Skolan låg
på rena bondlandet inte långt från Ymseborg
som finns med i Arnböckerna. Läraren var nog
i grunden skvatt galen och kunde i princip hitta
på vad som helst men det var inget ovanligt att
lärarna var på det sättet då. Ännu värre hade
det ju varit när mina föräldrar växt upp. Då var
barnaga vardagsmat, även i skolan.

Vid ett tillfälle hade jag skrivit mitt namn med
tusch på baksidan av bänklocket och då blev
Skog 'skogstokig' och krävde att jag skulle dra
ner byxorna och skriva mitt namn på mina vita
kalsonger.

Han kunde också skrika ohejdat om man inte
presterade som han tänkt sig och kunde klaga
inför hela klassen om man gjort sämre ifrån

tern. Löpning var min bästa gren och jag fick även vara med och ta hem guld till Bäcks skola i stafetten när vi tävlade mot andra byskolor i Töreboda våren 1963 och 1964.

Skog försökte lära mig och andra elever att simma men det gick inte alls i det svinkalla vattnet och inte gjorde Skogs usla pedagogik att det gick bättre. Det ledde ju också till att jag höll på att dränka min mor i Providence sommaren 1963 som jag berättat om ovan.

KAPITEL 9

NUTID

20 juli 2020

Det var inte okomplicerat att skriva om sitt liv
upptäckte Steve när han satte sig framför datorn
för att använda max en halvtimma för att skriva
ännu ett kapitel. Hittills hade det gått bra men
det berodde mest på att han tänjt på sig själv och
skrivit ett avsnitt efter kl 23 00. Det var inte bra
eftersom han inte ville lägga sig senare än 23
30. Men det hade inte blivit så de sista dagarna.
Nu stal han en halvtimma mellan 2100-21 30. Då
skulle han hinna att se klart på en bra film innan
hustrun dök upp efter att ha nattat minstingen
som hade väldigt svårt att komma till ro. Hon
hade redan sagt god natt tre gånger och det kun-
de bli fler. Storasyster höll på att sortera saker.
Hon var ständigt på hugget för att hitta uppdrag
så att veckopengen på 50 kr kunde förstärkas

med ett par tior. Hon var också väldigt duktig på att spara och köpa bra saker för pengarna. I alla fall var det oftast bra saker. Liksom sin far hade hon tjänat pengar på jultidningar och de pengarna hade hon fortfarande kvar en del av. Spännande att se om snälla människor som Maud skulle handla av henne på nytt eller Steves syster Heidi. De var huvudsponsorerna till hennes verksamhet. Pappa Steve köpte också en försvarlig del så att det kunde bli ett arvode på 600-700 kronor.

1962-1964 del 2

Jag hade också en fin romans med Kerstin Ymsjö. Den satte sig inte så djupt men det var kul att gå ut i kohagen tillsammans och samspråka. Vår gemensamma kompis Bibbi var också med tillsammans med sin kille.

Min far såg jag sällan till annat än på somrarna men under tiden på Bäcks skola försökte han gå i land och jobba som målare. Det höll kanske en månad och sedan var han ute igen och jag var ensam 'mansperson' hemma med ansvar för min mor och tre syskon. Det var en väldig massa som skulle göras hemma. Det var att hämta vatten, tömma pottor, klippa gräs, när det var säsong och plocka blåbär och andra bär samt hjälpa till hos Herbert. Jag och Herbert var nog som Emil och Alfred, drängen i Emil i Lönneberga. I grunden kände jag nog mer för min extrapappa än för sonen Lasse även om jag och Lasse kom väl sams.

SOMRAR

År 1963 var jag och Heidi och min mor med min far till USA och Hillevi och Joakim var hos morbror Östen och moster Nancy. Så här i efterhand kan det kännas kusligt att man lämnar en 2 och 4 åring hos andra under en hel sommar men man gjorde så på den tiden.

Som jag tidigare beskrivit var vi i Providence – Rhode Island – och Palm Beach. Det blev också en tur till Miami. Sommaren 1964 var vi till Liberia och Hillevi och Joakim var åter hos Östen och Nancy.

Det var en spännande tripp till Liberia för att lasta rödmalm men vistelsen i Monrovia var mycket begränsad. Fick inte ens åka in till stan. Det var nog en säkerhetsfara.

År 1965 höll vi oss inom Europa på semestern och då var vi i Narvik, Antwerpen och Rotterdam.

FRITID

SCOUTERNA

Ska man tala barndom så måste man ju tala intressen.

Jag kom tidigt med i scouterna och här blev jag också bekant med den förträfflige Anders Fransson vars pappa var rektor på Sötåsens lantbruksskola. Vi träffades inte så mycket under uppväxten men om vi träffades så var det i scouterna.

Lite kuriosa från nutiden: Så sent som för någon vecka sedan hyrde jag faktiskt en utsökt fin stuga på Öland av Anders Fransson och hans hustru. Det hade jag även gjort för cirka tre år sedan.

Efter avslutat scoutmöte hörde det till att ta en korv med mos. En halv special. Man fick alltså moset direkt på den grillade korven och på moset skulle man ha gurkmajonäs. Vi tre killar som handlade tyckte det var en delikatess. Efter en tid blev vi väldigt tjenis med 'Kalle' som hade denna lilla kiosk nära tågstationen. Det var inte ovanligt att farbrodern som kanske var 60 år gammal gav oss små favörer i form av extra mycket gurkmajonnäs eller en dricka på köpet utan kostnad. Vill minnas att en halv special kostade 1 kr och 25 öre.

I scouterna fick man lära sig allsköns praktiska saker och inte minst att slå knopar.
Eftersom jag kommer från en sjömans- och fiskarsläkt så var det inga större problem att lära mig även relativt avancerade knopar. Det resulterade i att jag för mina färdigheter fick märken att sy på scoutskjortan.

BORDTENNIS

Bordtennis var ett annat stort intresse och eftersom jag var med min far på somrarna så fick jag rikliga tillfällen att spela pingis när jag inte hjälpte till att måla. Som barn till sjökaptenen eller överstyrmannen så var det inte så stor risk att man skulle förlora. Man ville väl hålla sig väl med mig och inte råka ut för mitt hemska humör när jag förlorade. Jag var en fruktansvärd tävlingsmänniska när det gällde pingis och trots att jag nu bara spelar kanske vartannat år så sitter ändå takterna i från skoltiden. Lagidrott var jag oduglig på. Både hockey och fotboll men däremot var jag snabb och när jag gick i trean fick jag vara med och tävla för min skola på skololympiaden – som jag nämnde ovan – och vi vann faktiskt. Inte tävlade vi väl mot så jätte-många skolor men det var ändå en ära.

Med tiden fick jag också ett eget pingisbord. Det var en sågspånsplatta med nät. Inte världens mest exklusiva men det fungerade bra.

STANDARD

Runt 1963 så köpte familjen till ett hus och ställde det intill det andra huset. Det var någon typ av mindre hus på kanske 50 kvm men det gjorde nytta och det som var lyxigt var att vi nu fick toalett inomhus. Innan dess var det utedass som gällde och det gick väl an på sommaren men på vintern var det ett elände. Särskilt om man hade stora behov. Annars var det här med utedass en social företeelse, Vi hade tre hål som var ganska vanligt på landet. Jag och syrran gick dit samtidigt och man kunde även ta med sig en kompis ibland. Trots dessa år med utedass har jag fortfarande väldigt svårt för läten som kommer från slutventilen. Har aldrig kunnat förlika mig med att det måste finnas. Folk i min närhet har däremot inga hämningar.

Det förväntades av min mor att jag skulle arbeta en hel del på farmen. Utan mig fungerande det inte. Heidi började nu också göra bra nytta hemma. Det var inte bara jag som diskade. Vi hade fått riktig toalett och spisen var lite nyare och vi hade strykmangel. Jag älskade att stryka kläder. Gräsklipparen var hyggligt bra liksom snöskovlar. Min mor var trött på dålig ekonomi så hon tog diverse jobb. Hon jobbade mycket med utvecklingsstörda. Vi hade också en flicka som bodde hos oss i något år. Mamma jobbade även som brevbärare. Hon var en baddare på att hitta jobb. Ett tag var hon traversförare men det var längre fram. Hon hann också med att skjutsa mig till pingis och scouter. Hon blev själv scoutledare och då fick hon med sig Heidi. Kanske också syster Hillevi. Brorsan som var åtta år skulle ständigt ha barnvakt. Det blev ofta jag eller Heidi som stod för den biten. Blev det för kämpigt så kom Britta som var hemsamarit.

VIKTIGA HÄNDELSER

Musik

Musiken började bli väldigt viktig. Hepstars eller Tages, Beatles eller Rolling Stones, Hollies, Beach Boys. En väldig massa bra grupper slog igenom eller gjorde bra plattor 1963-1966. Musik lyssnade jag på hos Lasse och på 'Roliga timman' i skolan. Runt 1965 köpte vi också en transistor och det blev mycket 'Kvällstoppen' och 'Tio i Topp'.

Musicerande

Jag spelade trumpet från femte till sjunde klass och var med i skolorkestern

Scouter

Många fina hajker under denna tid till sjön Viken och till Tiveden. Scouting var viktigt.

Hälsa

Fick akut blindtarmsinflammation 1964 och höll på att stryka med.

Vänner

Jag hade många vänner och bra kamrater i klassen och övernattade ganska ofta hos Christer och hans underbara systrar. Ännu några att bli förtjust i. Jag var ständigt förälskad eller betuttad under min uppväxt. Det är jag väl nu också om jag ska vara ärlig.

Skutt

Vi började med 'skutt' i femman. Det var nog Kerstin Ymsjö som startade detta att man gick hem till varandra, åt korv, popcorn och dansade. Jag blev stormförtjust i en kusin till Kerstin som hade vit angorajumper. Vi dansade till 'Thats the way' med 'The Honeycombs'. Jag blev också kär i Tina som var dotter till järnhandlaren i Töreboda-familjen Skoglund. Mycket romans blev det redan då.

Skola

Jag trivdes i stort sett bra i skolan. Var duktig men stördes av en del ungar från 'Törrboda' som tyckte om att djävlas. Under en kortare period utsattes jag för mobbing eller trakasserier men det var inget som satte några egentliga spår. Så allvarligt var det inte. Jag har egentligen aldrig blivit mobbad under mitt liv. Möjligen har jag blivit motarbetad av diverse myndighetspersoner men det är ju inte mobbing.

Somrar

Har jag varit inne på förut. 1965 en tur på kontinenten men 1966 blev det inget på grund av att min far gick över till supertankers-Salén rederierna. Plockade jordgubbar i stället och jobbade för Brynolf.

Jag återkommer säkert med lite fler glimtar. Trivdes i stort med tillvaron. Inga depressioner. Har aldrig drabbats av det tack och lov. Kände mig betydelsefull och jag sålde allt som gick att sälja: Jultidningar, fröer, lökar och majblommor.

1966-1968

När sommaren var slut så var det dags att börja
i sjunde klass i Töreboda. Ett rejält kliv. Min far
hade köpt amerikanska jeans till mig som var
väldigt stela i tyget- Ingen annan hade ameri-
kanska jeans i klassen. De fanns ännu inte att
köpa i Sverige. I vart fall inte i Töreboda. I USA
var Lyndon B Johnsson president och Tage Er-
lander var fortfarande statsminister. Vietnamkri-
get blev bara värre och man fick lära sig namnet
'Napalmbomber'. Det var något förfärligt.

1967- THE SUMMER OF LOVE

Det här året gick jag ur sjuan i högstadiet i Tö-
reboda och till hösten skulle jag fortsätta att gå
på högstadiet i 'Törrboda'. Vi var väldigt få killar
i klassen i sjuan och mycket få skolmotiverade
elever förutom jag själv och en kille som hette
Anders vars familj hade en stor hönsfarm utan-
för tätorten.

Flickorna i klassen var mycket trevliga och
eftersom jag varit med på 'Skutt'/dans ett par år
låg jag bra till. Det skulle bara bli bättre i denna
'Suneålder' eftersom jag i nian skulle bli ensam

kille i klassen.

I sjuan hade jag träslöjd men i åttan syslöjd. Då fick jag träna på att sy ett par fruktansvärt fula byxor som jag aldrig kunde använda. Det var en erfarenhet det också.

I sjuan hade jag fortsatt spela trumpet och var med i skolorkestern men eftersom min 'trumpetgranne' hade en mycket bättre trumpet än jag tröttnade jag totalt och övergick till att spela på det gamla piano som min mor införskaffat.

Sommaren 1967 plockade jag jordgubbar, precis som sommaren 1966. Nu hade dock plocklönen gått upp från 27 öre litern till 30 öre. Det var ett bra år men inte lika bra som 1968. Jag lyckades få ihop omkring 500 kronor den här sommaren och det var välkomna slantar. Jag började bli en burgen man och kunde även låna ut en hundring då och då till min mor när utgifterna blev för stora för henne. Det var svårt att leva på min fars lön. Det gick lättare när min mor började arbeta på allvar men det var något senare.

Min far fortsatte att jobba på Salénrederierna så det var supertankers som gällde. Den här sommaren skulle man ligga på varv i Hamburg så vi tog bilen med hela familjen – troligen var Joakim och Hillevi hos Östen och Nancy – till Trelleborg för att 'mönstra på' i Travemünde för vidare färd därifrån till Hamburg.

Vi hade ett par härliga veckor i Hamburg med utflykt till Hamburg zoo och diverse andra platser inklusive sjömanskyrkan. När jag gick omkring där och Sune-spanade så fick jag höra fnitter från ett rum. Jag tittade in genom nyckelhålet av försiktighetsskäl och döm om min förvåning när jag genom nyckelhålet ser ett antal nakna damer i ett omklädningsrum till bastun. Det gällde att fly snabbt innan jag upptäcktes.

På sjömanskyrkan träffade jag på en svensk som hade blivit rånad och därför ville sälja allt han hade. Bland annat en fin transistorradio för 100 tyska mark som på den tiden stod i 1,30 kronor. Jag slog till direkt. Nu hade jag plötsligt egen transistorradio utöver den som familjen ägde. Den här var mycket snyggare än familjens transistor.

När vi besökte Hamburg zoo retades min far
med en struts som gjorde processen kort med
den leklystne genom att skicka iväg en urinstråle
som så när träffat faderskapet. Så kan det gå när
man retas med fel djur.

Musikaliskt var 1967 ett stort år genom att
både Beatles med Sergent Peppers och Rolling
Stones med – minns inte riktigt – var så bra.
Flower power och 'the summer of love' i Kalifor-
nien satte tydliga musikaliska spår. 'Jeffersson
airplane' blev stora liksom 'Mamas and The pa-
pas'. 'Scott Mc Kenzie' fick en stor hit med: "If
you are going to San Francisco, be sure to wear
some flowers in your hand".

Det blev inte så mycket mer gjort den där som-
maren som var värt att minnas. En och annan
hajk blev det säkert eftersom jag fortfarande var
med i scouterna. Det var nog också så att jag
denna sommar var med i flygpojkarna i Karls-
borg och för första gången fick se ett Viggen-
plan. En häftig upplevelse för en 14 åring. I sko-
lan väntade en fortsatt tillvaro som charmör eller

i alla fall försök att vara en sådan. Om jag lyckades är mer tveksamt. Jag hade hur som helst lätt att umgås med tjejer, vilket var ganska naturligt eftersom jag var omgiven av tjejer hemma. Min mor och två småsystrar. Livet lekte och jag fortsatte lyssna på kvällstoppen och Tio i Topp och jag fortsatte sätta ihop mina blandband.

1968

ARBETE

Våren 1968 hade jag gått ut åttan och det var dags att återigen bege sig för att plocka jordgubbar i 'Slätte' utanför Töreboda. 1968 var ett rekordår och jag tjänade inte mindre än 800 kronor. Jag var väldigt tävlingsinriktad och ville vara den av ungdomarna som plockade mest och det gjorde jag bevisligen. Många dagar kom jag upp i 200 liter och lite drygt det. Vi hade nu en ersättning på 35 öre liter. Om man räknar om 800 till dagens penningvärde så blir det nog cirka 10 000. Inte kattskit för en 15 åring. Till det kom ju pengar för jultidningsförsäljning och försäljning av lökar samt arbete hemma på farmen för för en timlön på 5 kronor. Jag hade blivit med moped och som jag tidigare skrivit så lät min mor mig välja mellan att få 500 kronor i bidrag till en moped eller få en drömmoped som såg ut som en Motorcykel – en Monark – för 1 750 kronor. Jämförelsevis kostade den moped jag köpte 2004 till min son Alex över 30 000 kronor. En liten skuld på 1 250 kronor uppstod till mor då jag valde att köpa drömmopeden. Skulden skulle betas av och det tog sin lilla tid. Plötsligt var man dräng på allvar. Jag ville förstås bli av med skulden så snabbt som möjligt men hur det än är så tar det tid att avverka 250 timmar.

Jag kunde även tjäna pengar på att plocka blåbär och det var jag ganska bra på. Försörjningsmöjligheter fanns det gott om.

KURTIS OCH ROMANTIK

När jag konfirmerades 1967 var jag fortfarande 'pottklippt' av grannen Artur och såg för bedrövlig ut. Det var därmed osannolikt att någon tös kunde intressera sig för mig då men jag växte till mig och blev ganska lång och reslig och flicktycket kom i gång. Jag gjorde

ett misslyckat försök att förföra Ingela som
var god vän med kusinen Lena som kom till
Västergötland ett par veckor från västkusten
för att plocka jordgubbar. Lena tillhörde klanen
Törneryd som vi umgåtts mycket med när
vi bodde i Göteborg men efter att vi flyttat
till Äspäng 1960 så tunnades kontakterna ut
väsentligt vilket var synd. I vuxen ålder har
jag bara träffat mina trevliga kusiner några få
gånger. Det hände dock att vi sågs hos min
farfar Fritz på Orust. Han var världens snällaste
person.

Hur som helst så beskrev Lena hur hon och
hennes kille tränade på att tungpussas så länge
det bara gick och man kom upp i rekordet
40 minuter!varefter man tydligen hade varit
tvungna att få syrgas eller näst intill. Lät
fascinerande. Det låg bortom min horisont trots
att Lena var ett år yngre än jag som fyllt 15 i maj
1968. Det var sorgligt att det inte blev något med
Ingela men livet gick vidare.

Några veckor senare var det dags för hajk med
scouterna och glädjande nog var det en mixad
hajk. Plötsligt var pottklippningen som bortblåst

och jag hade flera damer som tävlade om min gunst. En av flickebarnen ägnade jag natten åt att träna det Lena lärt mig men det gick så där. Vi hade kanske inte riktigt rätt 'tungomålstalande' eller hur man nu ska se det?

När jag började i nian så hade vi något så tjusigt som skoldans. Det var väldigt populärt att ha skoldans i matsalen på Töreboda skola. På första skoldansen hade jag nya kläder och kände mig oövervinnlig. Det dröjde en dryg halvtimma innan jag och Gunnel satt och pussades helt öppet. Ingen blygsel där inte. På skivtallriken spelade man bland annat 'Je táime' med tillhörande vällustljud, med Serge Gainsbourg och Jean Birkin. Det hade nog knappast varit PK 2020 men då var det uppenbarligen ok.

BÖCKERSBODA

I och med att jag hade moped så blev jag mer rörlig och kunde hänga med på både det ena och andra. Kunde exempelvis besöka ungdomsgården i Töreboda, som låg en mil från Äspäng. Med trimmad moped var jag där på en kvart.

Jag hade även möjlighet att åka till närliggande

Böckersboda och blev bjuden på fest hos 'dansk-
familjen' med mamma Rut och tre systrar. Den
äldsta – Ulla Britt – bjöd mig på luciafest 1968.
Det var en fest med jämna par samt jag och yt-
terligare en tös. Det föll väl ut och jag och den
udda damen blev ett par i några veckor – från
lucia 1968 till januari 1969 – innan jag fick reda
på att hon var kär i vännen Dan Westerberg så
då blev den relationen också en återvändsgränd.

SYSKON, SÄLLSKAP SAMT MOR OCH FAR
  År 1968 hade Heidi hunnit bli 12 och Hillevi
fyllde 9 i augusti och Joakim var 7.
Heidi var lite lillgammal och ville vara med där
det hände något. Hon var nog också lite förtjust
i grannen Lasse som var 17 år. Bjarne var lika
gammal men honom hade jag aldrig fått någon
bra kontakt men däremot med hans stor och lil-
la-syster. Per i Norgårn (storbondens son) var 3
år äldre än mig. Vi hade umgåtts en del när jag
var yngre men det umgänget rann ut i sanden
ända till 1968 då vi kom på att vi hade gemen-
samt intresse i skidåkning. Jag fick åka med till
Kinnekulle och åka skidor och hade då mina

supermoderna skidor med skruvad stålkant som
vägde ett ton men snabba var de. Gick som på
räls.

Familjen Sundström dök nog upp runt 1965.
De bodde helt när Viktor och Ebba, utslängda
på gärdet mellan Norgården och stora vägen mot
Böckersboda. De föryngrade byn väsentligt med
sina 6 barn. Där fanns barn som var lika gamla
som Heidi och Hillevi och Joakim. De umgicks
rätt mycket med varandra men jag ansåg mig
vara för gammal för att vara med i leken även
om jag var med på ett hörn då och då.

Min mor var ett födgeni som hittade på
en massa saker för att hjälpa till att försörja
familjen. Ett tag var hon brevbärare och andra
gånger jobbade hon på ålderdomshem och hem
för förståndshandikappade. Vi hade även en
flicka som var familjehemsplacerad hos oss.
Min mor hade även jobb som traversförare om
det var i Gullspång eller trakterna däromkring.
Det måste varit där som hon drog på sig cool för
rökte gjorde hon aldrig.

Några år senare skulle min far börja jobba
för Chevron oil och då blev man ekonomiskt

oberoende och min mor kunde öppna butik där
man sålde trasmattor och diverse handarbeten
i Mariestad. Den gick med förlust men vad
gjorde det med tanke på min fars mycket goda
inkomster.

HEMSEDAL

Det var ovanligt att min far var hemma på
somrarna men 1968 var han hemma och då
hyrde familjen en fjällstuga på kalfjället i
Hemsedal i Norge. Det var väldigt trevligt att bo
där och göra utflykter till omgivande samhällen.

När jag tittade ut från vårt hyrda hus såg jag en
flicka som vallade kor. Jag gick och pratade med
henne och det visade sig att hon hette Elisabeth
Holde och var dotter till den som vi hyrde av. Vi
blev snabbt bekanta och tycke uppstod och vi
började brevväxla med varandra. Det höll vi på
med ganska länge och vi träffade också på nytt
1977 då jag var tillbaka i Hemsedal och familjen
Sigstam hade hyrt en stuga av Elisabets pappa.
Då hade det gått 9 år men jag och Elisabet var
fortfarande ganska kontanta med varandra.

MUSIK

Musiken var jätteviktig vid den här tiden och jag fortsatte lyssna på 'Kvällstoppen' och 'Tio i Topp'. Jag fick en massa favoriter som Animals, Spencer Davies group, Jimmy Hendrix, Janis Joplin samt Beatles och Rolling Stones.

Beatles tyckte jag väl bäst om på den här tiden men ledsnade ganska ordentligt på dem när de kom med sitt vita album och även en del musik på Sgt Peppers tyckte jag var tillkrånglad.

Själv fortsatte jag att spela piano och det måste varit 1968 som jag fick en skivspelare med grammofon med tillhörande högtalare som bildade en liten röd låda. Den första skivan jag hade var 'Jesus Christ Superstar' av Andrew Lloyd Webber.

GUNILLA

När jag började i nian – 1968 – så föll jag som en fura för en ny tjej i klassen som var väldigt häftig och som dessutom rökte. Snygg var hon också. Hon verkade mycket världsvan och berättade om sina killar. Vi samsades väldigt väl men om jag ska vara ärlig hade vi inte någon relation, men viljan fanns där. Vi hade en intensiv pratrelation och det gjorde att jag inte var så duktig på läxor hösten 1968. Betygen som varit hyggliga föll och det fick bli skärpning till våren 1969.

1969

När jag ligger partiellt sömnlös om nätterna och inte ids läsa en bok för att bli trött så brukar jag fundera på ett visst årtal eller livet med en viss person. Det kan vara romans 1,2 3 eller 7. Om jag då försöker fundera över vad jag gjorde sommaren 1969 så minns jag väl när jag fick höra om månlandningen som jag inte alls ifrågasatte äktheten av då och kanske inte heller nu. Jag befann mig i vardagsrummet hos familjen Westerberg i Riksberg och hela familjen var samlad. Det borde väl ha varit på kvällen men det känns som om det var mitt på dagen.

Sommaren 1969 plockade jag återigen jordgubbar i 'Slätta'. Det var ett ganska bra år men inte lika bra som 1968. Vi fick 40 öre litern. Jag tävlade som en trimmad iller, som alltid och ville vara den som plockade mest. På den tiden var jag väldigt tävlingsinriktad. Nu försöker jag mest sitta under korkeken. Jag var tvungen att ha viss tillsyn över mina systrar Heidi och Hillevi som var 13 respektive 10 år gamla. De tog det lugnt och fick kanske ihop 20-30 liter per dag medan jag kanske plockade 150.

En kvinna som var en lokal revytalang och var med i Sten Åke Cederhöks 'Jubel i busken' var den som jag tävlade mest med. Extra kul att få lite tuggmotstånd av en vuxen när de yngre inte var så tävlingsinriktade.

I augusti skulle jag börja gymnasiet i Mariestad men i juli var jag alltjämt ledig.

Jag hade 'fått' en keyboard/synt av min mor när jag fyllde 16 men hon var smart och gav mig 300 kronor av synten som kostade 1 300 kronor och därmed blev jag skyldig henne 1 000 som skulle betalas av precis som förra året när jag 'fick' mopeden. Den skulle betalas av genom arbete på farmen. Faderskapet var på böljan blå på superoljetanker och han kunde inte jobba hemma. Mor blev således beroende av mig – som så ofta under uppväxten – och jag hade 165 timmar jobb framför mig eftersom jag nu fick 6 kronor i timman. Således visste jag vad jag skulle göra under cirka 40 arbetsdagar á 4 timmar i snitt.

På sommaren 1969 hade jag ännu inte träffat Ann Catrine Eklind, dotter till storbonde i Ullervad, utanför Mariestad, så den distraktionen fanns inte. Det var bara att gneta på. Ville jag ha extrapengar kunde jag även arbeta för bonden Brynolf i Norgården. Han hade alltid behov av extra arbetskraft. Denna sommar började också mitt första och enda engagemang i ett band. Det var Stellan Westerberg som var ledare. Jag spelade synt och en bondson spelade trummor. Kanske var Dan Westerberg också med en kort sväng.

Vi övade i en hölada. Mitt stora bravurnummer var 'Wedding' av Hepstars som hade ett fint syntsolo. Fingrarna gick som lärkvingar över tangenterna. Jag blev nästan gråtfärdig av min egen säkerhet som jag uppvisade i detta stycke. Tyvärr blev det inget av min medverkan i bandet när jag började på gymnasiet och inga intäkter för att täcka upp skulden till mor.
'The summer of 69' var hur som helst en bra sommar – månlandningssommaren – och livet

lekte i väntan på gymnasiet som skulle bli myck-
et mer problematiskt än vad jag tänkt mig.

94

KAPITEL 10

I BACKSPEGELN – mer av 1969

Första terminen av 9:an var avklarad på högstadiet i Töreboda. Relationen med Gunilla hade lugnat ner sig. Hon hade hittat en lång drasut som jag tror hon fick barn med senare. Själv hade jag varit dålig på att studera – jag hade ju fullt upp med att kontrollera min tjusningskraft på alla vackra damer i klassen och i angränsande klasser – men desto bättre på att sälja jultidningar. I och med att jag hade moped så kunde jag utvidga mitt försäljarimperium till inte bara min by, Äspäng, utan även till intilliggande Riksberg, Böckersboda och vägen mot Lyrestad. Britta och Herbert samt Linnea och Brynolf hade jag trakasserat med försäljning av allt mellan himmel och jord från det att jag var ungefär 10 år – Svenska journalen, fröer, Lökar etc – men nu spreds gracerna till vita fläckar på kartan på mopedavstånd från hemmet.

När vi gick in i 1969 så hade jag bestämt
mig för att skärpa till mig och läsa upp några
betyg så att jag kunde komma in på gymnasiet
med äran i behåll. Det lyckades jag med och
det blev sedermera samhällsvetenskaplig linje,
social variant, i Mariestad som låg 2,5 mil från
Äspäng.

Under vårterminen 1969 höll jag mig
någorlunda i skinnet och hade inga amorösa
extravaganser vad jag minns men jag var mycket
förtjust i Tina Skoglund som var dotter till
järnhandlaren i Töreboda.

GYMNASIUM

I augusti 1969 var det dags för gymnasieskola
i Mariestad. Det var fullt med damer även nu
och bara 4 killar i klassen. Resan till Mariestad
var inte helt lättsam. Jag var tvungen att ta mig
till Fredsberg – 5 kilometer – för att där stiga
på bussen och åka till Mariestad. Det blev att
ge sig iväg tidiga morgnar och det blev sena
eftermiddagar innan jag var hemma igen. Någon
direkt tid för läxläsning fanns inte. Dessutom

var jag fruktansvärt skoltrött och plågades av att jag hade svår matte som jag inte förstod alls. Tyskan var kul och engelskan så där men franskan fungerade inte alls. Historia och samhällskunskap fortsatta att gå hur bra som helst. Jag fick urusla betyg till julen och visste inte om jag skulle fortsätta eller kanske gå ut på sjön? Som min far.

NY FLICKVÄN

Det som gjorde att jag inte gick ut på sjön var att jag träffade Ann-Catrin Eklind som var dotter till en storbonde – Mats Eklind – utanför Mariestad, Ullervad. Jag hade fått henne som bordsgranne på CUF:s Luciafest i Hasslerör. Tycke uppstod direkt. I vart fall från hennes sida och jag var inte sämre än att jag hakade på. Raskt blev vi ett par och i januari 1970 hade jag dessutom blivit inackorderad i Mariestad och vi kunde träffas ofta.

Ann-Catrin var extremt duktig i skolan och hade femma i nästan varje ämne, det vill säga högsta betyg. Hon hade mycket trevliga föräldrar – Rut och Mats – och en odräglig bror som hette

Niklas och en mycket söt lillasyster som hette
Mise. Ann-Catrin var ett år yngre än jag var.

Mopeden hade gått sönder på allvar efter att
Stellan Westerbergs granne Sten-Åke hade för-
sökt laga den och förstört gängorna till något vi-
talt. Det gjorde att jag ledsnade på mopeden och
sålde den till min morbror Östen för kanske 600
kronor. Dessa pengar använde jag för att köpa en
väldigt elegant skinnrock med pälskrage. Kan-
ske det finast ytterplagg som jag haft. När det
var dags att gå in i 1970 hade jag fast sällskap
och lusten att läsa hade kommit tillbaks. Jag var
mopedlös men hade ett bra liv. Livet lekte.

ANDRA ÅRET I GYMNASIET
1970-71
När jag väl blivit inackorderad i Mariestad blev
allting mycket lättare. Jag hyrde ett rum i en käl-
lare i ett modernt hus bara 5 minuter från skolan.
Där hade jag min bärbara skivspelare som jag
fått i julklapp 1979. Högtalaren var i locket. Den
dög bra. Nu kunde jag utvidga mitt musikintres-
se och kunde låna skivor. En jag lånade skivor

av var Sune – en av de fyra killarna i klassen –
och en skiva jag lyssnade mycket på var 'Abbey
Road' av Beatles som kommit ut i den här vevan.
José Feliciano var en annan ´artist jag tyckte om
och förstås Rolling Stones, The Who och många
fler. 'Willy and the poor boys' av Creedence
Clearwater Revival hade jag köpt själv och den
spelades ofta.

Ann-Catrin – 15 år – kom och hälsade på i
källaren någon gång i veckan och jag följde även
med henne hem till Ullervad där jag blev bjuden
på mat och mycket väl mottagen av hennes för-
äldrar. Hennes mamma Rut hade ett väldigt trev-
ligt skratt och gick ständigt omkring i 'tunikor'.
Hon älskade också att sy tunikor och ibland fick
jag följa med och välja tyg till detta favoritplagg.
Pappa Mats var mycket pigg på att diskutera oli-
ka saker. Brodern Niklas gjorde vad han kunde
för att störa oss när vi var på Ann-Catrins rum
och tittade även in genom nyckelhålet för att se
om något spännande var på gång. Jag minns att
jag hos A-C hörde 'Hon kom över mon' för första
gången med proggruppen Contact. Den har fort-
satt vara en av mina favoriter genom åren.

Jag gick mycket på biblioteket och där i källaren övade dansbandet 'Pelles' med Christer Sjögren som sångare. Det kändes naturligt att hälsa på i replokalen eftersom jag lärt känna Flamingokvintetten när jag var på Logdans vid Norrkvarn nära Böckersboda och klaviaturspelaren Åke och jag brukade ta en fika i pausen när vi träffades. Jag blev dock aldrig närmare bekant med någon i 'Pelles'.

ÖSTERRIKE

På Februarilovet 1970 hängde jag med Svante Götberg på en resa till Söll i österrikiska alperna. Det var Svante som var reseledare. Vi tog oss först till Jönköping och sedan flög vi till Kastrup och tog oss därifrån vidare. Svante hade med sig en flickvän som troligen var på upphällningen för de grälade en hel del.

Österrike blev riktigt spännande. Jag hyrde all utrustning och gick i skidskola. När jag gjort det hade jag nästan inga pengar kvar så det blev till att skaffa extrainkomster genom att panta flaskor. På lokala discot kunde man köpa drinkar fast man bara var 16 år gammal och i butiken gick det bra att köpa 80% -ig Stroh rom. Den var billig och 'semmeln' – små bröd – var billigt. Det blev en hel del mackor för att hålla kostnaderna nere. Jag testade också min nyvunna tyska och frågade värdinnan 'Was kosten sie' men då tittade hon lite skumt på mig. Jag trodde att jag frågade vad rummet kostade om man hyrde av henne, men istället frågade jag vad hon kostade. Det har sina nackdelar att vara dålig på tyska.

I samband med att vi skulle åka hem från skidskolan så fick jag fel på bindningarna och skidläraren undrade om han skulle hjälpa till men jag trodde jag skulle fixa det så gruppen åkte ner men jag fick aldrig på mig skidorna och fick gå en timma för att komma hem. Dumt men en nyttig erfarenhet.

Väl hemma så fortsatte skolan och studierna gick nu bättre och bättre men kanske inte helt bra om jag skall vara ärligt. Franskan blev lite bättre och tyskan fungerade men läraren i engelska trodde inte så mycket på mig och jag var inte så intresserad av grammatik.

När jag inte pluggade så försökte jag umgås med Kristina Jiglind som bodde i villa med sina föräldrar, någon kilometer från skolan. Det hände också att vi pluggade ihop. Ann-Catrin kunde jag bara träffa ett par timmar då och då och därför fanns en del tid att slå ihjäl.

Jag började simträna och blev snabbt bra på det. Simmade 1000 meter eller mer cirka tre gånger i veckan. På badhuset arbetade en kille som jag vill minnas tog OS-guld eller i alla fall medalj i slutet av 60-talet. Gunnar Svensson. Ibland hängde en kille – en mycket speciell man – vid namn Mats Friberg med och badade.

Jag brukade också gå på bio en gång i veckan och en kille i min klass – Nils Gustav Chöler som sedermera blev programledare på TV – hade också hand om en filmcirkel som jag var med i.

Filmintresset har sedan följt mig hela livet även om det numera mest blir olika serier.

SOMMAREN

Sommaren 1970 fick jag så äntligen börja

arbeta på båt. Jag var nu 17 år gammal. Jag hade
fått jobb på en bananbåt genom min farbror
Sten som jobbade för Broströmsrederierna men
i sista minuten så avbokade man sin 'obefarne'
jungman och jag fick raskt se mig om efter
en annan tjänstgöring och lyckades få jobb
på Thuntank 3. Ett rederi från 'Lidköping'.
Skepparen på båten var inte riktigt frisk och
efter ett par veckor ville jag mönstra av men
han vägrade att släppa mig så jag blev kvar en
månad till.

Båten gick mest på Vänern med en last av
lut och andra farligheter. Vi gjorde även en tur
till Narvik och en ända till Antwerpen men där
var kapten så rädd att vi skulle hoppa av så han
släppte inte i land oss.

Under sommaren hade jag inte haft tillgång till
musik men i Falkenberg så mönstrade det på två
häftiga killar och de hade radio med sig och den
första låten jag hörde var 'Mitt sommarlov' med
norska Anita Hegerland. Det visade sig bli en
stor sommarplåga och Hegerland blev sedermera
en av Norges största musikexporter.

Även om tiden på Thuntank 3 inte blev någon

höjdare så blev det ändå en rejäl slant sparad som kunde användas under kommande året.

Nu var jag ensam kille i klassen – härliga tider – och det för att jag gick musikklass och bland annat fick lära mig att komponera lite lagom och använda noter som ett eget språk. Tyckte mycket om det och skulle vilja ha utvecklat den färdigheten. När jag kom åt var det piano som gällde. Jag hade lärt mig spela själv och även tagit lite konstiga pianolektioner i nian. Lärare var den lokala begravningsentrepenörens fru. Innan dess hade jag spelat blockflöjt i mellanstadiet och trumpet i tre år.

Jag och Ann-Catrin fortsatte kampera ihop och nu var jag mer hos henne även på helgerna. Detta var nog till stort förtret för mina yngre systrar som nu fick jobba betydligt mer hemma på farmen än tidigare och även ta mer ansvar för min bror Joakim som var 8 år yngre än jag. Nu kom jag kanske hem varannan helg.

Under hösten 1970 så var jag med Ann-Catrine till Göteborg och när vi gick på disco och jag valde 'Honky tonk woman' med Rolling Stones på jukeboxen så kom istället 'Rosen' av

Arne Quick. Nämnde Quick stötte jag sedan på
som vaktmästare på badhuset i Bollnäs när jag
arbetade där 1983-84. Livet fortsatte att leka och
inga direkt bekymmer tornade upp sig på him-
len.

KAPITEL 11

På sportlovet 1971 var det dags igen att åka på skidresa med Svante Götberg som reseledare. Den här gången åkte vi till en plats som hette Bruck som låg utanför Zell Am See i Österrike och inte långt från Kaprun. Det här året hyrde jag också utrustning men var rikare och behövde inte panta flaskor för att överleva. Denna gång var också min flickvän Ann-Catrin Eklind med. Minns att vi bråkade en del. Semestern var inte helt lyckad men det var inget som påverkade vår framtida relation.

Vårterminen 1971 höjde jag betygen rejält och började känna lust att läsa igen. Kanske berodde det på att jag bara hade 1,5 år kvar på gymnasiet. Jag hyrde ett bra rum nära skolan och lärde också känna barnen i familjen som var något eller några år äldre än jag. Blev även introducerad att lyssna på 'Jazz på svenska' av Jan Johansson som satte djupa spår i mitt musikmedvetande. Plötsligt fanns det något annat än Pop i min skalle. Jag delade ut reklam och fick lite extrainkomster.

Under den här perioden började jag läsa böcker på allvar och året innan hade jag börjat med Vilhelm Mobergs utvandrarserie och fortsatt med 'Din stund på jorden' och 'Soldat med brutet gevär'. Jag var även förtjust i nobelpristagaren från 1951, Per Lagerqvist.

Jag tror att det var andra terminen i årskurs två på gymnasiet som det var lärarstrejk. Det gjorde bland annat att jag började spelade en del volleyboll tillsammans med Bo Landin som var son till min gympalärare. Bo var mycket duktig i den sporten liksom en kompis till honom som jag glömt namnet på. Annars var lagsport något jag tyckte starkt illa om och var dålig på. Kass på fotboll och även Ishockey. Däremot var jag bra på rundpingis eller dubbel i pingis men det var rätt sällan som jag spelade det.

Relationen med Ann-Catrin var mycket stabil

i Liverpool som imponerade på damerna när jag kom tillbaks för att påbörja mitt tredje år på gymnasiet.

1971-1972

År 1971 var mycket viktigt av olika anledningar. Dels blev jag 18 år och därmed myndig och dels hade jag rätt att ta körkort vilket jag gjorde. Efter 11-12 lektioner var körkortet mitt vid första försöket både på teori- och praktikprov. Tyckte det var ganska enkelt. Nu fick jag köra den sandgula Volvo 142 som familjen hade för tillfället. Man hade kört Opel sedan min mor tog körkort i början av 60-talet men nu gick man alltså över till Volvo.

ANN-CATRIN

Vår relation hade nu varat i två år. Relationen var fortsatt stabil och jag tyckte väldigt mycket om hennes föräldrar Rut och Mats. Mycket chosefria människor. Hennes föräldrar började också umgås med mina föräldrar. När vi hade angjort Göteborgs hamn med 'Lena' i augusti 1971 så var det Ann-Catrins föräldrar som kom med Ann-Catrin som jag inte träffat på hela sommaren.

HÖSTEN 1971

I augusti 1971 var det dags att börja i tredje ring på gymnasiet. Jag var fortsatt ensam kille i klassen precis som jag varit året innan. Det gjorde mig inget. Jag hade vissa ämnen ihop med de 'hårda' grabbarna. Bland annat gymnastik.

BETYG

Jag fortsatte höja betygen denna höst och extra bra gick det i Engelska som tidigare gått si så där. Åtta veckors arbete på sjön hade satt sina spår och nu hade jag plötsligt lätt för att konversera på engelska. Jag hade också en ny lärare i engelska som inte betonade mina dåliga gramatiska kunskaper utan såg till konversationsförmågan. Samhällskunskap gick som tåget liksom historia, filosofi och religionskunskap.

SKOLDANS

Skoldanser var oerhört viktiga tillställningar

och jag och Ann-Catrin var väldigt samdansade. Hon kunde även dansa folkdans vilket jag hade fortsatt att dansa första året i gymnasiet.

ÅRSSKIFTE 1972

Det fortsatte att gå bra för mig i skolan 1972. De pengar jag lagt undan från sommaren 1971 räckte till att bekosta en skidresa till Engelberg i Schweiz med Ann-Catrin. En mycket trevlig resa men när vi försökte att smuggla sprit på vägen hem så gick vi bet. Stackars oss.

Jag hade nu blivit ganska duktig på slalom. Ann-Catrin tog lektioner men inte jag. Numera hade jag egen utrustning. Opraktiskt att släpa med sig men lättare när man väl var på plats.

NY SKOLA

Minns inte om namnet var detsamma – Vadsboskolan – men sista terminen i trean så hade vi en ny fin skola. Mycket angenämt. Gjorde skolarbetet ännu mer lättsamt. Ted Gärdestad slog igenom med 'Jag vill ha en egen måne'. Livet fortsatte att leka.

NY FAVORIT

Under sista skolåret fick jag en ny favorit. Det var Anna-Stina Jönsson som var från Halland och pratade halländska hemma men som hoppat över ett skolår och varit någon slags slumsyster i Amsterdam. Vi träffades ofta och hade långa filosofiska utläggningar. Sedermera blev hon präst med stationering i Örebro. Vi tappade kontakten redan något år efter gymnasiet. Minns hur som helst att vi var på en gemensam tillställning runt 72/73 och då hade Bernt Staafs 'Familjelycka' gjort stor succé.

RADIKAL

Vi som var lite mer radikala – hur radikal man nu kan vara om man är med i CUF – ville inte ha studentmössa. Inte heller blev det mycket till studentfirande. Vi hade ju inga prov att avlägga. Året efter fick jag vara med på Ann-Catrins studentskiva trots att vi inte var ihop och då var det både studentmössa för Ann-Catrin och en rejäl fylla á la Nationalteaterns 'Livet är en fest': "Jag spydde i en rännsten, blev utskälld av en snut."

SOMMAREN 1972

När jag gått ur gymnasiet var det dags att göra lumpen på A 9 i Kristinehamn men det kommer i nästa kapitel. Innan dess hann jag och Ann-Catrin 'interaila' i knappa tre veckor. Kommer också i nästa kapitel. Livet fortsatte att leka på det hela taget men det som var trist var att min bror Joakim fått tix efter sommaren 1971 och nu krävde massiv hjälp. Min mor lade ner stora ansträngningar för att brodern skulle få så bra hjälp som möjligt. När problemen kom var han bara tio år gammal.

INTERRAIL

Jag hade hunnit bli 19 år gammal när det var dags att ge sig ut på 'interrail' det vill säga tågluffande. Tanken var på intet sätt skrämmande för vare sig mig eller den ett år yngre Ann-Catrin trots alla problem det kan innebära att resa runt ensamma och vara helt utelämnande åt varandra.

Reskassan var skral eftersom jag inte hunnit arbeta något sommaren 1972 men liksom det lilla blå loket – om den berättelsen är bekant – så tänkte jag att: "Det skall gå, det måste gå."

Vi fick skjuts till Göteborg i familjen Eklinds röda Ford Taunus. Därifrån fick äventyret början. Vi hade var sin ryggsäck med oss. Min var orange och närmast självlysande. Det var för att Ann-Catrin inte skulle tappa bort mig. Ann Catrin hade fått låna någon stilig ryggsäck á la Fjällräven. Ann-Catrin var mycket strukturerad och hade alltid ordning på sin utrustning. Hon hade till och med ett nagelset med sig ifall hon var tvungen att fila på finger och tånaglar. Hon hade praktiska kängor att gå i och dessutom extra gåvänliga skor utöver kängor. Jag hade något nergånget 'skotyg' som jag stoppade i ryggsäcken och träskor från Vollsjö. I början av 70-talet var det fortfarande träskor som gällde på vischan.

Första dagen lyckades vi ta oss ner till Hamburg där vi övernattade på något billigt vandrarhem. Här hände inget speciellt. Dag två tog vi oss ner till Amsterdam där vi bodde billigt mitt i stan i ett hus som hade väldigt branta trappor. Vi bodde längst upp i huset. Det blev billigast så. I Amsterdam stötte vi på amerikanska hippies som rökte hasch hela tiden men var väldigt lätta att prata med. De lotsade oss runt till skumma barer och tog oss även med till havet och en utmärkt strand kanske en halvtimma utanför Amsterdam.

Eftersom vi bara hade 17 dagar på oss att semestra så fick vi bege oss vidare dagen efter badutflykt. Nu var det Bryssel som gällde. Vi strosade som vanligt omkring och bekantade oss med de vackra centrala delarna i vår jakt på boende till anständigt pris. Vi lyckades hitta något för en svensk tia men toaletten där var alldeles förfärlig med massa mögel hängande parallellt med allt takdropp. Nu var vi hur som helst på gång mot det stora målet Paris. Innan vi kom så långt stannade vi i Le Havre där jag minns att vädret var oerhört ogästvänligt. Vi hamnade på en biograf och såg något fruktansvärt ointressant. Det gav oss dock skydd från regnet. I Rouen, som blev vårt nästa resmål, så besökte vi självfallet den stora katedralen och hittade boende som var ganska anständigt, rent prismässigt.

Följande dag begav vi oss till Paris. Nu skulle

vi bli riktiga turister. Allt skulle ses under de
tre dagar vi hade till vårt förfogande. Det vi
raskt kunde konstatera när vi kom till Paris var
att vandrarhemmen hade skilda avdelningar för
damer och herrar. Dessutom skulle man lämna
in sina ryggsäckar på särskild förvaring och
utöver det se till att man hade livets nödtorft i
mindre packning. Att dela rum med kanske 20
andra i stora sovsalar var inte särskilt kul men
vad gjorde man inte för att få se Paris med alla
deras lockelser? Om vi ville ha lite avskildhet
så fick man lägga sig på en gräsmatta utanför
boendet och utvärdera vad man gjort under
dagen medan man studerade stjärnhimlen.

Paris blev ingen besvikelse. Det var en fröjd
att besöka Mont Martre , Sacre Coeur, Luxen-
burgträdgården med intill liggande Quartier
Latin och den fantastiska restauranggatan Rue
Mouffetard. Champs Elyssée självfallet och
Napoleons grav samt Louvren och intilliggande
impressionistmuséum som man läst så mycket
om i gymnasiet. Eifeltornet besökte vi också
men det var så dyrt att åka upp så vi gick på
utsidan av tornet till mittenstationen. Ekonomin

var inte den bästa men med en baguette och en flaska vatten klarade man sig långt. Tomater var billigt och kunde läggas på brödet. Brieost var också billigt men det vi åt varje dag var 'Fransk hot dog'. En korv nedstoppade i ett bröd.

KAPITEL 12

STEVE MED FAMILJ

21 juli 2020

Lillhjärtat vill inte sova men erbjuder sig att kamma Steves hår. Det vill han inte säga nej till. Som vanligt sov Steve dåligt natten till den 21 juli.. Det gjorde han alltid Det är inget märkligt med det. Skulle inte Steves natt vara en räcka 'busstationer' så skulle det nog kännas konstigt. Steve tyckte nästan lite synd om människor som sover en hel natt inte tar med sig något minne på 'färden'. Steves nätter är alltid minnesrika och de är fulla med frustande försök att minnas det som sedan skulle skrivas om.

1973 -20 ÅR GAMMAL
STOCKHOLM

Efter att ha gjort värnplikten, fyllt 20 år samt gjort slut med flickvännen – ja, det var faktiskt jag som gjorde slut och hon som valde mig –

kände jag mig fri som en fågel.

Jag och Stockman från lumpen hade sagt att vi skulle interraila tillsammans om vi fick ihop tillräckligt med medel. Det var bråttom för vi skulle ut 1 juli och vi hade slutat värnplikten i april.

Jag chansade på att åka till Stockholm och ta kontakt med familjevännen Hans som bodde på Götgatan. Där kunde jag bo medan jag gick till arbetsförmedlingen. Jag fick napp direkt på Tre kronors kvarn i Nacka. Där skulle jag få börja omgående och paketera mjöl och makaroner. Inte jättekul, men bra betalt. Jag fick 13. 50 kr i timman och det var inte så tokigt för en nybliven 20 åring. Nästan alla mina arbetskamrater var finnar och jag kunde inte ett ord finska och de kunde inte svenska så det blev inte så mycket konversation.

Jag kunde inte bo hos Hans mer än tillfälligt men ordnade ett rum till mig hos en äldre dam och hennes alkoholiserade make i en tjusig våning på Östermalm. Första dagen så dristade jag mig att steka fiskpinnar eller något eljest och när damen kom hem och såg vad jag hade gjort

– utan att fråga – åkte jag genast ut från mitt rum. Jag hann inte ens övernatta där.

Hans fick nu ta till det tunga artilleriet och ordnade boende hos sin mor i Danderyd i en tjusig villa. Här blev det lugnt och inga bråk med värdinan men jag fick gå upp 5.15 för att hinna med buss och tunnelbana och buss igen och stämpla in 6.55 i Nacka.

När jag klagade lite på enformigheten på jobbet fick jag testa att stapla 50 kilos mjölsäckar. Jag och en kille till tog emot säckarna från ett band i midjehöjd och sedan var det bara att stapla. Under en dag hade var och en av oss staplat mellan 800 och 1000 säckar på ackord och kom upp i löner överstigande 15 kr per timma. Det flitiga staplandet satte sina spår så snart började magmusklerna växa liksom armmuskulaturen. Efter några veckor hade jag mitt hett efterlängtade 'Sixpack'. Det som alla i min ålder eftersträvade, eller nästan alla, i vart fall de fåfänga.

Utstämplig skedde redan före kl 16.00 och nu gällde det att upptäcka Stockholm. Det dröjde inte länge innan jag hittade i Stockholm som i

min egen ficka. Jag hade ingen cykel så jag gick
kors och tvärs över stan och tog en stadsdel på
1-2 dagar. Efter tio dagar var jag bekant med in-
nerstan och sedan fortsatte jag med Djurgården
och även Danderyd och kunde konstatera att en
del av människorna där var hyggligt välbeställl-
da. När jag fick min första lön köpte jag mig ett
par tjusiga blå gabardinbyxor och även en kort
midjejacka i skinn. En stilig skjorta eller två blev
det också. Nu var det bara att försöka använda
sig av sin tjuskraft. Mest härjade jag på Malmen
där man hade levande musik och bland annat
dansade jag till Anders och Karin Glennemarks
orkester. De var mycket bra och körde en massa
covers.

Det var inte så svårt att ragga i Stockholm som
jag trodde och allt som oftast blev det någon
typ av napp. Ofta blev det sista bussen hem till
Danderyd och då brukade jag ofelbart somna på
bussen och hamna i Vallentuna och hänga med
tillbaks när bussen vände. Vid något enstaka till-
fälle hamnade jag på någon obskyr förort som
Farsta men för det mesta så var det den 'egna

sängen' som gällde.

SOMMAREN 1973 MED HANS STOCKMAN

Efter dryga två månaders arbete hade jag en reskassa så att jag till att börja med hade råd att köpa interrrailkort för Europa som jag tror gick på en dryg 1000.lapp. Därefter skulle jag försöka leva på 50 kr/ dag och jag hade med mig ytterligare kanske 2000 kr.

I slutet av juni var jag på plats hos Stockman i Göteborg. Då hände något märkligt. Stockman berättade att det var två stycken –Tomas och Steve – som ville hänga på och Hans Stockman undrade om det gick bra. Jag var skeptisk eftersom jag inte alls kände killarna men det var svårt att tacka nej i nästa minuten.

Steve och Thomas visade sig vara två introverta hedersknyfflar som var lätt att ha med sig även om de var sällsynt ointresserade av att ställa sig in inför damerna i vår väg. Där hade jag och Stockman gemensamma intressen.

INTERRAIL

Den 1 juli var vi på väg. Nu väntade äventyret.

Jag var full av förväntan. Vi tog nattåg till Hamburg där vi skulle träffa vänner till Thomas och övernatta där.

MOT PARIS OCH ÄVENTYRET

Nu var vi på gång. Äventyret hade börjat. Thomas hade trevliga kamrater i Hamburg så vistelsen där blev lyckad. Därefter var det nattåg till Paris som gällde. Vi var där redan påföljande dag. Alla i sällskapet hade ungefär samma ekonomi så med gemensamma ansträngningar hittade vi ett enkelt men centralt boende, nära floden Seine. Något så lyxigt som enskilda sängar hade vi inte utan vi fick dela dubbelsäng. Ofta fick jag Stockman som "sängkamrat". Lakanen verkade mycket lindrigt tvättade. Troligen hade flera andra haft samma lakan men å andra sidan hade vi ju våra sovsäckar så lakanen spelade i grunden ingen roll och inte heller att det låg några cm damm på klädskåpet.

Hyggligt utsövda gav vi oss ut på stan. Här skulle inte åkas tunnelbana. Vi valde att gå, kilometer efter kilometer. Vi passerade Champs Elyseeé triumfbågen och Louvren på en och

samma dag. När man kan är det väldigt lätt
att hitta i Paris – numera har jag varit där
knappt tio gånger – och ännu lättare med karta.
Dessutom hade jag varit där sommaren innan
och jag var den enda i sällskapet som pratade lite
turistfranska.

Det var också skönt att slippa vandrarhem och
det här boendet var nog ungefär lika dyrt som
vandrarhem. Vi betalade en svensk tia per skalle
och natt. Dagsbudgeten låg på ca 50 kr inkl allt
även i Paris.

Jag vill minnas att vi stannade tre hela dagar
i Paris och sista kvällen så hade vi tagit oss
till restauranggatan 'Rue Mouffetard' nära
Latinkvarteren. Vi hade tittat i skyltfönstren
till många restauranger men vi fastnade för en
grekisk restaurang. Här la man upp maten med
bara händerna. Det ingav farhågor som skulle
besannas..

Efter avslutade måltid så tog vi oss till en
tågstation för att ta ett nattåg till San Sebastian
i Spanien. Jag hade lagt mig på golvet för att
slippa sitta och sova och dumt nog visste jag inte
att sätena kunde fällas ner så att de täckte golvet

och bildade en bro. Efter ett par timmars sömn kände jag ett trängande behov av att gå på toaletten och fick banka på "brodynorna" för att väcka de andra. Det dröjde en evighet innan jag kunde ta mig ut och då var det nästan för sent. En katastrof var annalkande men mot alla odds så fick jag gjort det jag skulle och kunna återvända till vår kupé rejält lättad i dubbel bemärkelse. Det dröjde inte länge innan Stockman fick göra samma utflykt men jag har inget minne av att Steve och Thomas fick göra sammalunda.

SAN SEBASTIAN

När vi kom till San Sebastian, i norra Spanien, var jag och Stockman helt utpumpade av diverse besök på toaletten. I San Sebastian sökte vi raskt upp en park för att lägga oss att vila. Det dröjde dock bara några minuter innan lokala polisen kom och bankade upp oss med sina batonger. På parksoffor skulle man sitta och inte ligga, resonerade Francos Guardia Civil.

Vi hade ju tänkt ta oss i vart fall till Barcelona men våra sjuka magar gjorde att resplanerna ändrades och vi tog oss nu istället till Cassis på franska Medelhavskusten, inte långt från Cannes. Samtidigt som vi steg av så steg fyra unga damer från Sveg av tåget. Det dröjde inte länge innan vi kunde konstatera att flickorna pratade svenska. Tre av flickorna såg ganska alldagliga ut MEN en av de unga damerna – Lena Persson – var ett riktigt bombnedslag. Hon var också den som pratade minst och var mest gåtfull. Hon var 16 år gammal och skulle fylla 17. De andra flickorna – en hette Berit – var nog lika gamla på ett ungefär och sedan tror jag en flicka hette Anita och den fjärde kanske Kerstin.

Hans Stockman brukade vara duktigast att prata med flickor som kom i vår väg men den här gången var det jag som föreslog att man skulle gå tillsammans till beachen och fortsätta språka. Hans var ju dessutom ganska klen efter matförgiftningen i Paris som satt i ett bra tag. Detta visade sig vara inledningen till det mest givande sociala umgänget under resan. Jag och Stockman tyckte sällskapet var ypperligt men Steve och Thomas var mindre intresserade.

Så här i efterhand är jag inte ens säker på att man var intresserade av det motsatta könet.

Vi umgicks flitigt med Svegtjejerna under de 2-3 dagar som vi stannade på rivieran. Vi gjorde bland annat en utflykt till Cannes och St Raphael. När vi bodde i St Raphael, under trottoaren –under the Boardwalk – så blev vi minst sagt hastigt väckta av att man spolade trottoaren och sedan blåste det inlandsvind och vattnet kom direkt i våra sovsäckar. Inte så kul då men ett roligt 'distansminne'. Vi fortsatte sedan resa med flickorna till Monaco där det togs några tjusiga bilder tillsammans med inte bara flickorna utan även med Rolls Royce och andra kul bilar. Miljön var som hämtad från en Holywoodfilm.

ALLA VÄGAR BÄR TILL ROM
När vi 'gjort' Monaco var det dags att lämna landet och bege sig mot Rom. Ett av de stora delmålen på resan. Thomas var snabb att äntra Rom-tåget när vi väl kommit in i Italien. Han var så snabb att han faktiskt gick på fel tåg och sedan inte kunde hoppa av i tid. Det var lite pinsamt men vi var ju fortfarande tre 'Musketörer' kvar. På rätt tåg hamnade vi inte i samma vagn som flickorna från Sveg. Det kändes lite smärt-

samt för mig men Steve var nöjd, fast missnöjd
över att vännen Thomas tillfälligt var borttap-
pad.

I vår kupé satt ett par lättpratade unga damer
från USA. Det var kul för mig och Stockman
att språka med flickorna och ännu trevligare för
Steve som var från USA. Nu fick han plötsligt
något att göra och visade sig vara en ganska so-
cial kille.

I Rom skildes vägarna definitivt från 'flickorna
från Sveg' men å andra sidan återfann vi Tho-
mas välbehållen. Vi gick till turistinformationen
och hittade ett billigt centralt hotell även i Rom.
Cirka 10 kronor per person betalade vi. Det var
ett bra pris. Det lilla pensionatet drevs av Selma
och Lille Fridolf. Damen var en stor matrona på
kanske 1,5 meter över havet men med akterspe-
gel som en logdörr och mannen som var ännu
kortare än hustrun vägde nog knappt 50 kilo. Ett
charmigt par.
Matronan var mycket gästvänlig och skrattade
hela tiden. Mannen var mer gråtmild av sig. När
vi bad om varmt vatten så började mannen gråta

och gjorde en rörelse med fingrarna för att för-
klara hur dyr elen var. Han fick en slant – 50 lire
– som kanske var värd ungefär 25 öre och genast
log mannen från öra till öra.

När det efter ett par dagar var dags att lämna
stället så skulle vi ta kort och Steve kom spring-
ande till fotograferingen – där även de ameri-
kanska flickorna var med – och han råkade halka
med sina träskor och kasade mot en liten hurts
och i fallet slog han av ett av de spröda träbenen
på hurtsen. Då kunde inte mannen hålla sig utan
började storgråta medan hans hustru bara skrat-
tade glatt och sa att det gick att laga. För att inte
mannen skulle hamna på sjukhus – psykiatrisk
avdelning – så gav vi honom en 1000 liresedel 5
svenska kronor och det vackra leendet kom till-
baks i kombination med en kram.

Döm om vår stora förvåning när vi stöter på
'Flickorna från Sveg' på vägen ut från pensio-
natet. Det hade visat sig att de bott i samma hus
men självfallet betydligt flottare än oss och de
hade betalat 50 kr per person. En osannolikt hög
summa. Nu kunde vi inte annat än umgås igen
och äta lite god italiensk glass och dricka ita-

lienskt vin.

Flickorna skulle bli kvar en natt till i Rom för de hade inte gått så mycket som vi gjort första dagen. Annars är Rom en stad som man ser på några timmar. Nästan allt värt att se ligger inom en triangel med kanske 500 meter kortsida och en kilometer långsida.

Sveggänget fick var sin stor kram efter det definitiva avskedet – trodde vi – och vi utbytte adresser och andra gulligheter. Jag saknade särskilt Lena P enormt men även Berit. Stockman visade inte så mycket men kände säkert saknad han också. Nu skulle vi bege oss mot Korfu via Brindisi, en bit ner i Italien längs kusten.

PÅ VÄG MOT KORFU

Det var dags att ta sig till den mytomspunna ön Korfu. Ön låg inte särskilt långt från grekiska fastlandet och nära Lefkas som, för övrigt, jag och familjen besökte så sent som 2016. Men nu var det 1973.

Vi tog tåget från Rom och nu var vi alltså utan ressällskap. Fyra killar. Vi hoppade av tåget efter några timmar i en liten italiensk håla vid kusten

men nära Brindisi. Där tänkte vi slå nattläger
och det gjorde vi sedermera.

Det viktigaste målet när vi gått av tåget var
att få något att äta men det visade sig svårt. Det
fanns inte många restauranger i byn men de
som fanns var stängda utom ett väldigt tjusigt
ställe som var insprängt i en grotta i berget. Här
pågick ett stort italienskt bröllop.

Vi åt inget men tog något att dricka. Prisnivån
var relativt hög.

För att fördriva tiden så gick vi till stranden
och dök från klippor tillsammans med lokal
ungdom. Nu hade vi hunnit bli än mer hungriga
än tidigare. Vi beslöt oss för att bita i det sura
äpplet och äta på 'grottrestaurangen' och vi åt
kungligt.

Vi stoppade säkert i oss minst 4 rätter och det
blev inte alls så dyrt som vi trott. Vinet var
billigt och gott.

Innan vi var klara med vår måltid hade vi även
hunnit dansa tillsammans. Det var ingen som
ville dansa med oss men det var å andra sidan
ingen som körde ut oss trots att vi satt i blöta
badkläder innan de torkade behjälpligt. Vi hade

en rasande trevligt eftermiddag och början på kvällen. När det var mörkt så var det inte så lätt att hitta något ställe att ligga på men vi stötte ihop med några andra interrailare som visade att vi kunde fösa ihop oss i en klippskreva och sova där. Vi fick sparka iväg några möss som tyckte vår sovplats var bra och sedan fick vi väl några timmars sömn innan vi vaknade, svårt sömndruckna och tog oss till tågstationen. Nu var det Brindisi som gällde och dit kom vi också samma dag och vad hände där? Jo, i kön för att äntra färjan till Korfu stod Lena Persson och hennes kompisar.

I vart fall jag och Stockman var mycket nöjda med utfallet. Thomas och Steve var mindre nöjda men fann sig i situationen.

Nu skulle vi åka färja några timmar. Äventyret fortsatte och livet lekte alltjämt.

MOT KORFU

Färjan avgick i tid och det tog några timmar att komma fram till Korfu. Här fick vi tips om en 'hippistrand' som skulle ligga nära byn 'Pelikas'. Innan hela sällskapet åkte dit med buss så bunkrade vi vad vi orkade bära av vatten, frukt och bröd. Priserna här var väldigt låga. Ett kilo vinddruvor eller persikor fick vi för cirka 50 öre kilot och ett rejält bröd kostade mindre än en krona. Vin var också billigt om än inget som stod särskilt högt i kurs hos vårt sällskap.

Vi blev avsläppta på en höjdplatå och därifrån tog vi oss via åsnestigar ner till den mycket 'avspända' stranden. Här var det verkligen mest hippis som bodde. En del hade kläder på sig och andra inte. Ingen i vårt sällskap ville vara nakna.

Man kunde handla uppe i Pelikas by och där fanns i vart fall en restaurang. På stranden fanns det något restauranglikt och en riktigt enkel 'sylta' där en kille kokade spagetti som innehöll en försvarlig mängd sand och till det kunde man köpa corned beef. Det var bara att öppna en burk och servera. Maten var enkel men också billig. Vi pratade med en ständigt haschrökande amerikan som tyckte det här var paradiset på jorden och här kunde man leva för en dollar om dagen, påstod han. Detta under en tid då dollarn stod i 5 kr.

Vi slog läger i en olivlundsdunge som gav

hygglig skugga men var långt ifrån angenäm om man ville sova. Under stor del av vår resa genom Europa hade det varit alldeles för varmt och så även här. Troligen låg temperaturen på 35-40 grader mitt på dagen när vi befann oss i södra Europa.

Vi hade ingen jättelust att göra särskilt mycket under de få dagar vi var på Korfu men kvällarna var fina. En av kvällarna lyckades jag faktiskt få en enskild pratstund med Lena P och ljuv musik uppstod men så var det någon som bjöd runt en cigarett. Själv rökte jag normalt inte, men tog ett par bloss – för sällskaps skull – och därefter så föll jag i sömn och när jag vakande var inte Lena P där längre. Ett av mitt livs största misstag vad gäller förberedande kurtis. Vad cigaretten innehöll har jag ingen aning om men troligen inte något särskilt hälsosamt. Mycket tragiskt men det är ju sådant som händer. Vad är väl en bal på slottet?

Innan vi killar skulle lämna ön så hyrde vi vespor och åkte runt på den vackra ön. Efter någon timmas körning kom vi till en backe med mycket sand och plötsligt ville inte mitt fordon vara med längre. Därefter fick jag åka bakom Steve på hans vespa. Ännu någon timmas åkning och Thomas vespa la av. Även den vespan fick vi lämna och han fick åka bakom Stockman. Illa, illa!

När vi kom tillbaks till uthyraren i Korfu stad så blev han sjövild när vi sa att vi varit tvungna att lämna vesporna längs vägen. Han ville ha våra pass och sa att vi inte skulle få lämna ön om vi inte visade var vesporna var. En av oss fick åka med uthyraren och visa var vesporna fanns och vi kunde lämna ön, efter att vesporna återfunnits, även om det satt långt inne.

Vi hade varit på Korfu i 3 dagar och det lämnade spår som fortfarande känns aktuella. År 1978 hade jag glädjen att tillsammans med Maudan åter besöka ön och även stranden nära Pelikas men nu var det plötsligt en massa turister där. Vad annat hade man kunnat vänta sig av en fin strand. Nu skulle vi ta oss med nattfärja till Athens hamnstad Pireus för vidare färd till Athén.

Efter detta sista äventyr på Korfu var det alltså
dags att bege sig. Det kändes oerhört hårt att
skiljas från den väna och varmt ljuva Lena P
men det fick gå. En ofullbordad amorös relation
som inte ens hann börja. Annat än i min fantasi.
Livet gick vidare och trots allt så hade jag inte
skadat mig när jag åkte omkull med vespan.
Inte heller hade jag blivit ormbiten på väg från
restaurangen uppe i Pelikas och ner till stranden.
Då gick vi på en åsnestig och plötsligt skrek
Stockman: "En orm!" Jag höll på att ramla ner
och dö på fläcken. Var det något jag inte tyckte
om var det ormar. Huggormar i all ära. De
kunde man stå ut med men vad hade man för
typ av orm på Korfu?

Nu var det i alla fall Athen som gällde och
det skulle bli spännande. Den strama budgeten
hade hållits – 50 kronor per dag – och att sova
på stranden på Korfu var inte särskilt dyrt.
I Athen stannade vi möjligen två nätter. Vi
bodde hur som helst på taket på ett hus. Det
var billigast så. Det gjorde också att man fick

pengar över och kunde köpa sparsmakade souvenirer. Jag köpte jesusandaler och en vit 'tunika' med blå stickning. Såg tjusigt ut och väldigt grekiskt. Kostade inte särskilt många kronor och kvaliteten var därefter. Så snart som den blev lite blöt rann färgen ut och plagget blev oanvändbart. Athen var trevligt så länge man höll sig till de mer kända gatorna nedanför Akropolis som vi förstås besteg. Men bilgatorna och gatorna däromkring var förfärliga. Hur fult Athen var upptäckte jag också när jag var där runt 1993 med min ex- fru Karin och vår son Alexander.

Efter Athen blev det mesta avslaget och lämnade inga skarpa spår. Ett tydligt spår – detta var under juntatiden – var dock när vi satte oss på tåget och gick iväg till matsalen för att få i oss något. På vägen tillbaks ville tullfolk se på våra pass. Det fick de så gärna. Det värsta var bara att för varje ny kupé som vi passerade blev det en ny kontroll av passen bara för att djävlas med oss. Ingen i sällskapet hade väl särskilt stor respekt för myndigheter så vi började reta kontrollanterna och säga saker om

dem som de inte förstod. Till slut så tröttna de
på oss och tog in mig och Stockman i en liten
tulltjänstemankupé och skrev något i passet om
att vi aldrig skulle få besöka Grekland på nytt.
Vi tog nog inte det på särskilt stort allvar men
under juntatiden – som det här var – så fanns
det ju trots allt en viss möjlighet att man skulle
ställa till något elände. Det dröjde också några år
innan jag återvände till Grekland men 1979 var
jag där med min äldsta dotters mamma –Maud –
och då var det i alla fall inga problem.

Nästa anhalt som jag minns var Zagreb i forna
Jugoslavien och där stannade vi bara några tim-
mar. Gick knappast ens runt i stan utan höll oss
mest nära tågstationen och såg någon uppvisning
i folkdans. Något tydligare minne har jag av St
Anton eller möjligen Zell am See som vi troligen
kom till dagen efter. Här övernattade vi och pas-
sade på att gå på disco. Trots mina begränsade
kunskaper i tyska hade jag viss framgång med
en ung dam från trakten. Det var ingen 'Lena
P- flicka' men hon var hur som helst trevligt säll-
skap under några timmar. Vi övernattade också

i Salzburg som är en mycket vacker stad som jag även besökt några gånger efter 1973. Här övernattade vi i en enorm sovsal där det säkert bodde minst 50 stycken tågluffare.

Sista biten mot Göteborg har jag inget minne av men kanske att vi stannade till i Hamburg innan vi kom till Sverige. Vi hade bråttom hem för interrailkortet var på väg att sluta gälla. I Göteborg skildes vi åt. Troligen delade jag adresser med samtliga men någon kontakt med Steve och Thomas blev det aldrig. Jag och Hans Stockman höll en viss kontakt men den var sporadisk. Nu finns han på facebook roligt nog och vi har haft ett givande utbyte av vår resa och han har berättat om hur det gick att försöka hålla kontakten med Lena P efter det att han kom hem. Spännande och hemligt.

Den som jag däremot höll kontakten med var Lena P och vi brevväxlade under många år till dess vi tappade kontakten någon gång på 80-talet. Med hjälp av duktiga släktforskaren Eva så lyckades jag spåra Lena P och jag pratade faktiskt med henne 2017. Hör och häpna. Vi har viss kontakt på FB. Lustigt nog är hennes man också advokat.

På väg hem mot Västergötland och min mor köpte jag en skiva, 'Kodakchrome' med Paul Simon som troligen just kommit ut. Det hade nu hunnit bli den första augusti och jag var 20 år och tvungen att bestämma mig för vad jag skulle göra av mitt liv.

Efter några dagar hemma i Äspäng ställde jag kosan mot Uppsala för att träffa min gode vän Dan Westerberg. Nu väntade andra äventyr och en mycket intressant tid i Uppsala från hösten 1973 till våren 1979.

UPPSALA I AUGUSTI 1973

Det var tillfälligheternas spel som gjorde att jag började läsa juridik hösten 1973. Jag hade först tänkt att bli lärare i Historia och Samhälls-kunskap men blev avrådd av f öre detta klass-kompisar att studera till lärare. Då tänkte jag i stället jobba på Ulleråkes sjukhus som spring-vikarie och fick omedelbart jobb där. Det skulle dröja till slutet på september innan jag fick min första lön så då beslöt jag mig för att börja studera och det var Dan Westerberg som tyckte att jag skulle testa att läsa juridik, i vart fall förberedande, propedeutisk-kurs. Därefter sökte och fick jag studielån utan problem och kunde överleva. På den tiden fick man ganska exakt 5 000 kr för en termin. Cirka 1000 kronor per månad. Jag lyckades överleva på de pengarna. Det var det inte alla som gjorde.

Det var alltså precis för 47 år sedan – på några dagar när – som jag tog detta livsavgörande beslut och hamnade i 'juridikträsket' som verkligen kan vara himmel och helvete. Jag var inte tillräckligt lat för att bli åklagare – många åklagare är misslyckade advokater – och jag var inte tillräckligt strukturerad för att bli domare. Men det var en lärdom som kom betydligt senare. Nu var det 1973. I början på september träffade jag en mycket viktig person – Karin Sigstam – som blev min ledsagarinna till lidelse under 3,5 år. Vi hade träffats inför första lektionen på Ubbo där vi i början av september 1973 började läsa propedeutisk kurs i juridik. Jag föll för Karin omedelbart. Hon hade en vinröd plyschtröja med V-krage och tätt åtsittande jeans. Karin var inte lång. Kanske 1,60-1,65 men mycket väl 'skulpterad'. För mig var hon perfekt. Hon var lite blyg och återhållsam men inte socialt avvisande.

Den jag annars hade mest kontakt hösten 1973 var Kerstin Wiss. Hon hängde med i normalt tempo fram till årsskiftet 73-74 men sedan halkade hon efter och vi kom ifrån varandra. Hon var dock en väldigt viktig person så till vida att det var hon som såg till att Karin kom till mitt studentrum i februari 1974 och lämnade mig där medan Kerstin själv försvann ut på något äventyr. Det kan jag inte nog tacka henne för. Jag och Kerstin hade umgåtts ganska intensivt hösten 1973 men i och med att vi inte läste samma kurs så kom vi ifrån varandra. Vid något tillfälle stötte vi på varandra på länsrätten i Gävle runt 1982 av någon anledning. I övrigt har vi inte haft kontakt och den har inte återupprättats – tyvärr – via facebook.

Hösten 1973 stötte jag på min gamle lumparkompis Dan Gärdefors utanför Juridikum. Jag visste inte att han hade börjat läsa juridik. Han bodde på Kantorsgatan. Jag minns att jag i tidigt skede lånade skivor av honom. Det hörde till att man gjorde det i Uppsala och en av skivorna var 'Moon Dance' av Van Morrison. På det sättet upptäckte jag Van Morrison och han har fortsatt att vara en av mina favoritartister.

Jag och Dan började snabbt umgås flitigt och inte minst efter att han träffat Susanne som han sedan fick tre barn med. De är fortfarande gifta.

KAPITEL 13

VIKTIGA HÄNDELSER

Det var inte bara en händelserik tid med Karin. Det hände också mycket runt om i världen första hälften av 70-talet. Kung Karl den XVI Gustaf hade tillträtt 1973 efter att Gustaf VI Adolf dött i augusti 1973. Palme var statsminister och hade redan läxat upp USA ordentligt på grund av sitt engagemang mot Vietnamkriget. Nixon som var president 1968 till 8 augusti 1974 var tvungen att avgå på grund av Watergateskandalen.

USA förlorade vietnamkriget (1955-1975) som man tagit över efter fransmännen och som den helgonomsusade Kennedy trappat upp. Grekland hade sin miltärjunta 1973 och i Spanien härjade diktatorn Franco.

Baader-Meinhof gruppen och den tyska terrorismen hade bland annat Vietnamkriget som grogrund för sin verksamhet i kombination med tyska polisens framfart som man ansåg hade fascistiska förtecken.

Diktatorn Augosto Pinochet tog makten efter mord på Allende under 1973 men samtidigt blev vi av med – troligen ringa tröst för chilenarna – en diktatur i Portugal 1974 och samma år föll den relativt kortvariga grekiska diktaturen.

Ambassaddramat i Stockholm 1975 hade också kopplingar till Baader- Meinhof och genom att Sverige lämnade ut den svårt brännskadade gisslantagaren till Tyskland så ledde det sedermera till att den ansvarige ministern Anna Greta Lejon så när blivit tagen som gisslan/kidnappad någon tid senare. Diktatorn Franco avskaffade sin egen diktatur i november 1975 då han dog.

Det var en spännande tid att bygga upp en relation med en drömkvinna som dessutom kom från en drömfamilj och relationen skulle hålla i sig till augusti 1977 men relationen med en av de mest fantastiska personer som jag träffat, mamma Gunnel, höll i sig ända till hennes död någon gång på tidigt 2000-tal om jag inte minns fel.

FILM

I gymnasiet hade jag blivit väldigt intresserad
av film inte minst beroende på min klasskamrat
Nils Gustaf Chöler, från första året i gymnasiet.
Han ordnade filmcirklar i Mariestad med intres-
santa filmer av bland annat Roman Polanski.
I Uppsala så fick jag upp intresset för lite sma-
lare fransk/europisk film av Francois Truffaut
och någon schweizare vid namn Godard. Fellinis
'Roma' kom nog ungefär vid den här tiden och
Ettore Scola hade också fantastiska filmer. Fil-
matiseringen av Jesus Christ Superstar kom även
den 73/74.
När det gällde smalare film så gick de ofta på
en biograf – kan den ha hetat Fyrisbiografen –
högst upp i backen vid universitetet. Jag gick så
ofta jag kunde och hade råd men det blev inte
sällan minst en gång per vecka. Det kostade inte
särskilt mycket. Några pantade ölburkar så var
man i hamn.

FRITIDSSTUDIER

Under lumpen hade man ju hur mycket tid

över som helst så jag hade plockat fram gamla läroböcker i tyska, franska och engelska och pluggat det på kvällarna. Man kunde även göra det på övning. Mina lumparvänner tyckte det här var väldigt konstigt men för mig var det avkoppling och jag har aldrig haft problem att läsa mitt upp i allt sorl. Nu var det spanska som blev mitt största intresse. Det språket hade jag aldrig testat men ville gärna lära mig. Jag skrev därför in mig på en kurs. Längre fram läste jag också juridisk franska på universitetet och italienska och tyska på kvällskurs. Mina kunskaper blev aldrig särskilt märkvärdiga men det räckte till lite 'turistkunskap' så att man kunde beställa på restaurang och hotell. Både italienska och spanska är väldigt tacksamt att lära sig om man läst franska vilket jag gjort under fem år. Tyska läste jag bara ett år på gymnasiet och båda de språken fungerar hyggligt på semestern medan jag måste läsa på om jag skall klara mig någorlunda på spanska eller italienska.

RADIKALA JURISTER

Mitt intresse för att framföra åsikter kom

genom CUF-centerns ungdomsförbund. Vi brukade ha ett möte innan det var dags att ha dans. De flesta värmde upp i sina Volvo Amazon eller Volvo PV medan vi lite mer föreningsorienterade släpade oss igenom en föredragningslista. Det hela var nog avklarat på en halvtimma.

I Uppsala så tillhörde nästan alla som läste juridik en borgerlig sammanslutning som kanske hette Heimdal eller något liknande.

Genom Dan Westerberg kom jag i kontakt med denna lilla grupp/sekt vid namn Radikala jurister. Jag var med kanske 5-7 gånger. Innan jag tröttande på grund av att det var bråk på varje möte. En av de som bråkade eller argumenterade mest var Tommy Iseskog som sedermera blev professor och skrev en massa läroböcker i juridik. Jag fick aldrig något att säga till om i det här sällskapet och jag har aldrig velat vara statist i verksamheter som jag deltagit i så det var naturligt att gå ur. I lumpen var det annorlunda för där hade vi något sällskap för att tillvarata de värnpliktigas intressen och jag blev talesman i vart fall på min pluton och det ledde förstås till – kanske annat spelade in också – att jag fick dåligt betyg för ordning och uppförande och det kunde jag inte använda om jag ville söka FN-tjänst. Lusten till det var dock ganska minimal. 'Lusasken' räckte för mig. Jag gjorde lumpen i totalt 9 månader.

TRÄNING

Jag tränade minst tre gånger i veckan och det var mest löpträning som gällde men det hände också att jag gick och simmade eller var med på något träningspass för studenter på deras egen idrottsanläggning som jag tror hette "Studenternas" .

Jag var väldigt intresserad av att bibehålla de muskler jag skaffat genom att arbeta på kvarn sommaren 1973 och 1974 och de hölls vid liv med hjälp av 100 armhävningar morgon och kväll –och gärna med handklapp – samt en fjäder som jag fått av min morfar. Det sämsta med träningen var att musklerna svällde och gjorde skjortorna för trånga och jag hade inte råd att köpa nya skjortor i tid och otid. Jag fick därför ta det lite lugnt med träningen. Låter skrytsamt men var en realitet.

MUSIK

Jag lyssnade mycket på musik på min egen
enkla skivspelare med högtalare i lådan och
jag lyssnade även på biblioteket. År 1973 så
var Elton John väldigt i ropet med bland annat
Crocodile rock och Daniel. Rolling Stones hade
en stor hit med 'Angie' och Paul Mc Cartney
och hans Wings hade fått köra titellåten till en
bondfilm: 'Live and let die'. Roberta Flack var
mycket populär med 'Killing me softly' liksom
Boney M och Queen måste ha slagit igenom
på allvar vid denna tid. Van Morrisson och
hans 'Moondance' lyssnade jag mycket på, efter
att ha fått låna den skivan av Dan Gärdefors.
Den borde ha kommit i den här vevan.
Nationalteatern hade fått en superhit med 'Livet
är en fest' och jag upplevde verkligen att livet var
en fest men det saknades någon att dela denna
fest med.

TERMIN 2 -1974

Efter juluppehåll var det dags att fortsätta

studera. Nu skulle jag läsa Nationalekonomi som
jag tyckte var minst sagt tråkigt. Karin S var på
samma kurs och hon hade samma uppfattning.
Kanske var det något som förenade oss extra
mycket. Kanske var det bara tur men Kerstin
Wiss, som väl kände till mina långtgående
sympatier för Karin, gillrade en slags 'fälla' och
i februari 1974 så tog hon helt sonika med sig
Karin till min lägenhet på Djäknegatan för att
vi skulle dricka något hos mig och sedan skulle
vi gå på Norrlands nation och dansa. Efter si så
där 10 minuter så pep Kerstin – klokt nog – iväg
och lämnade mig med Karin, min ljuva och väna
drömkvinna. Nu fick vi äntligen tid att prata lite
mer privat och tillsammans gick vi på Norrlands
Nation. Jag var så till mig i trasorna att jag
redan efter 30 minuter – otålig och otaktisk
har jag alltid varit – tyckte att hon skulle följa
med tillbaks till mitt studentrum. Hon tryckte
väl förslaget var lite väl abrupt men gick med
på min propå och strax var vi ensamma och
spelade skiva efter skiva. Bland annat blev det
Joe Cocker med 'I can stand a little rain' och –
tro det eller ej – Lill Lindfors med den passande

titeln 'Fritt fram' på albumet och den än mer lyckade 'Kom, kom skall vi leka leken en gång till'.

Vi kom fram till att det bästa vi kunde göra vara att stanna kvar i den 90 centimeter breda studentsängen ett par dygn eller så och när vi gjort det var vi redan ett par som höll ihop som ler och långhalm. Det första vi gjorde utanför bostaden var att gå på den sedermera kultförklarade 'Sista natten med gänget' med en väldig massa bra musik. Nu lekte livet på allvar och 2-3 veckor senare skulle jag introduceras för Familjen Sigstam.

JANTE –ETT MELLANSTICK

Jante fanns alltid runt omkring mig när jag växte upp. Min mormor betonade i alla välmening att man inte skulle förhäva sig. I byskolorna fick man inpräntat att ingen var duktigare än den andre oavsett hur det gick för en. Musiklärare Lyrvall struntade i det där och lät ungefär halva styrkan i kören sitta kvar i bänkarna medan de som han ansåg kunde sjunga fick vara med framme vid tramporgeln och sjunga ur 'Sjung, svenska folk', ett litet rött sånghäfte.

Kom man från Göteborg och pratade 'göteborska' så framhävde man ju sig själv på ett övertydligt sätt. Det gjorde att jag efter ett år – men under protest – talade västgötska, trodde jag själv i alla fall, så att jag inte stack ut så väldigt.

Under gymnasietiden blev det väl kanske mer acceptabelt att glänsa och många gjorde ju det skamlöst. Kanske att jag någonstans då började acceptera att jag kunde vara bra på någonting och vara lite stolt för det. I historia var jag i en klass för sig under gymnasiet och pingis var jag rätt bra på och sjunga gick också bra.

Löpning fortsatte att vara min gren när det gällde idrott och – som skrivits förut – så var det väl bara Stockman som var snabbare än mig på min pluton i Kristinehamn.

KAPITEL 14

FAMILJEN SIGSTAM

Vi hade troligen kommit in i mitten på mars 1974 när jag fick träffa familjen Sigstam första gången. Detta var således min Karins familj. Såsom väntat bodde man flott i Herrängen, helt nära Fruängen.

Den första familjemedlemmen jag fick träffa var Ia som vi hämtade i stallet. Hon var en hästflicka.. Jätteduktig i skolan och duktig på piano och spelade även saxofon. Jag var mycket spänd inför vad som skulle hända när jag trädde innanför väggarna till denna vällyckade familj där pappa Kaj var företagsdoktor och mycket framgångsrik inom sitt gebit. Jag kände inte att jag på något sätt kom från dåliga förhållanden men det var en annan typ av miljö, hur som helst. Jag hade aldrig fått någon borgerlig uppväxt som Karin och hennes syskon måste ha fått.

Det blev betydligt enklare än vad jag tänkt mig för att jag först fick träffa mamma Gunnel. En alldeles förtjusande människa som kroppsligt kunnat platsa i min hemby. Härligt frodig. Hon hade världens snällaste leende och hälsade artigt, nästan lite blygt på denna adrenalinstinne 20-åring, som ville göra väl ifrån sig. Det blev kärlek vid första ögonkastet. Hade hon varit si så där 25 år yngre hade det varit svårt att välja mellan henne och Karin. Hon ställde snälla och artiga 'duplofrågor' och om något förvånade henne så sa hon: ”Jamen det var ju förfärligt, alldeles” med sin charmiga Halmstadaccent. Denna fras återkom sedan ungefär var femte minut. Mycket var ”förfärligt alldeles” på den tiden. Med andra ord hade vi mycket lätt att komma sams och vi pratade bland annat om bakning och om att laga mat.

Efter en kort stund så blev jag introducerad för Pelle som gjorde ett genomsnällt intryck. Han var kanske 9-10 år och mycket dataintresserad och väldigt duktig på matte. Stackars Pelle tog emot mig med öppna famnen men knorrade en del när han var tvungen att låna ut sitt rum. För jag kunde ju inte sova i Karins rum. Det hade ju varit 'förfärligt alldeles'.

Pappa Kaj dök upp efter några timmar under detta första besök hos familjen Sigstam. Han var klädd i vit skjorta och kostym. En stilig man som ingav förtroende vid första anblicken. När han kom upp för trappan till övervåningen så var det första han frågade:

"Hur gick det på tentamen, Karin!" och Karin svarade raskt, med röst som nästan gick upp i falsett: "Pappa det gick bra."

"Blev det spets den här gången också?" Hon svarade:

"Ja, pappa det var jättesvårt men jag fick faktiskt spets."

"Bra, Karin. Fortsätt så!" sa han och gick sedan över till mig och granskade mig noga från topp till tå. En sparris på 65 kg med för långt hår, jeans och en i mitt tycke häftig t-shirt.

"Vad heter du? Jag presenterade mig.

"Och du läser också juridik? Ja, vi läser på samma kurs.

"Gick det bra för dig på provet? "

”Ganska bra”, svarade jag med svansen mellan
benen och ville inte avslöja att jag bara fått
näst bästa betyg och inte spets trots att det
var jag som hade fått Karin att börja plugga
nationalekonomi på allvar. Tråkigt och orättvist.
Sedan pratade vi lite om ditt och datt och Gunnel
upplyste om att jag tyckte om att baka.
”Baka”, sa Kaj förvånat.
”Kan du baka en sockerkaka?”
”Javisst”, sa jag.
 ”Kan du inte baka en sockerkaka till kaffet?”
”Absolut”, sa jag. Därmed var jag introducerad
och även accepterad. I vart fall av alla utom Kaj
men när han fått sin sockerkaka så berömde
han mig och sa: ”Mycket bra, Tryggve! Tack
för kakan,” och så där fortsatte det. Varje gång
jag var hos familjen Sigstam skulle jag baka
sockerkaka åt Kaj.

Karins underbara storasyster Anna-Lena,
med det smittande skrattet, och jag blev snabbt
vänner. Anna-Lena var ihop med en militär
i karriären som hette Stefan. Han var väl
militärisk för mig men en bra kille. Jag och
Karin och Stefan och Anna Lena umgicks en hel

del med varandra.

Det som skrämt mig allra mest när jag träffade Karin var hennes familj men det var en oro i onödan eftersom de tog emot mig med öppen famn och inte minst Gunnel men även Kaj. Det var också Kaj som lärde mig att segla med både Albin Ballad och Scampi. Båda segelbåtarna var på 9 meter. Familjen Sigstam älskade att segla men det gällde inte för Ia och Anna-Lena var också måttligt intresserad.

SOMMAREN 1974

För att kunna resa måste man arbeta och tjäna pengar om man inte råkade ha ett sparkapital som kunde naggas i kanten men det hade inte jag. Hela studielånet på 5 000 kr hade gått åt. Jag frågade om jobb på Tre Kronors kvarn som 'muskelbyggare' och säckstaplare även denna sommar och det fick jag tack och lov. Jag arbetade, som jag minns det, i två månader och fick bra betalt, så Karin och jag kunde åka iväg.

Tidigt i augusti, eller möjligen sent i juli, tog vi ett billigt studentflyg till Dubrovnik. Jag var för gammal för att tågluffa annars hade vi gjort det. Vi kom fram någon gång på eftermiddagen och tog en buss från flygplatsen. När jag såg en tältplats så bad jag busschauffören att släppa av oss. Vi hade ryggsäckar men min var något större så att den även rymde det lättviktstält som vi tillsammans hade köpt. Vi letade upp en väg till tältplatsen som låg nära vattnet, några kilometer från Dubrovniks centrum. Där slog vi upp tältet på en mark som var så hård att vi med möda fick ner tältpinnarna. När det var gjort gick vi runt lite och åt en enklare middag på Campingplatsen.

Minns att jag blev fascinerad av hur man samlade ihop slattar med vin och med tratt såg till att man fick nya flaskor som man kunde sälja. Jag höll mig till öl och läsk, på förekommen anledning, och det gjorde nog Karin också. På kvällen hade man musikafton som vi deltog i och lyssnade på den speciella jugoslaviska musiken. Vid den här tiden hade som bekant Tito fortfarande makten.

Följande dag hade vi båda förskräckligt ont i ryggen och beslöt oss för att ta oss in till

Dubrovnik och bo på hotell eller i alla fall annat boende än i tält. Vi tog en buss och lämnade in våra ryggsäckar på en inlämning och gick på sightseeing. Märkligt nog hittade vi då inte gamla stan men bekymrade oss inte så mycket för det utan valde ett enklare hotell och innan dess gick vi för att hämta ryggsäckarna. När jag kollade packningen visade det sig att den flaska gin som jag köpt på Arlanda hade stulits av dem på bagageinlämningen. Vi 'firade' detta med att kosta på oss var sin Gin fizz på hotellet. För övrigt var alkohol här nere så billigt att det inte var något stort bekymmer. Hade varit värre om man stulit kläder eller annat som man verkligen behövde. Vi sov gott och följande dag tog vi en båt till Split. Vi sov på båten och kom fram följande morgon. Split var en stad som jag verkligen tyckte om och för att kompensera för det kilo i mindre vikt som jag 'vunnit' när gin-flaskan försvann fyllde jag på med billiga jugoslaviska souvenirer, bland annat i form av en utsirad träflaska som man kunde fylla med vad man ville. På kvällen åt vi utsökt goda välkryddade biffar på restaurang 'Sarajevo'.

Även här bodde vi på hotell/pensionat och sedan åkte vi ut till ön Brac och sedan vidare till Hvar. På dessa trevliga öar tältade vi. Karin fick problem med en sko men den lagades utan problem på ön.

Mycket till badande blev det inte eftersom man på en av öarna varnade för haj och det tog vi fasta på. Med facit i hand så är visst hajar ganska fredliga och inte så pigga på att angripa människor men det visste inte vi då.

En lite lustig utflykt var till ön Vis där det 'visade' sig att alla eller nästan alla var nakna på stranden och det rörde sig om 1000 tals människor inte minst tyskar med överhäng så stora att det inte gick att avgöra vilket kön de hade utifrån kroppshalvan från midjan och neråt. Vattnet var hur som helst mycket rent och fint i vår lilla skyddade vik och det var en angenäm utflykt i det vackra vädret. När vi kommit tillbaks till Split så tog vi oss med tåg till Rijeka i norra Jugoslavien. Här var vädret inte lika snällt mot oss. Det regnade förfärligt så tältet knappt stod kvar och jag har sällan i mitt liv sett så många blixtar samtidigt på himlavalvet. Vi

tog buss till Italien och vidare till Venedig där vi
bodde ovanpå en pizzeria. Det stank gräsligt av
pizza men vi stod ut två nätter innan det var dags
att åka tåg hem. Hemresan bjöd inte på några
överraskningar.

Vi hade haft vår första semester tillsammans
och på det hela taget gav den klar mersmak även
om Karin kunde bli ganska ilsk på mig rätt som
det var och hotade med att fortsätta semestern
på egen hand. Dessa små gräl var dock oftast
avklarade på någon halvtimma och lite surande.
Varför vi grälade har jag förträngt men jag
tror att jag ville bestämma lite för mycket hur
resplanen skulle gestalta sig. Väl i Sverige, efter
cirka 2 veckor på resande fot, var det dags att
förbereda sig för 'Civilrätt 1'. Det enda ämnet
i juridikstudierna som bara hade en tentamen
under en termin.

UPPSALA 1974-1975
STUDIER
Under hösten 1974 började jag studera
Civilrätt 1. Det var juridikstudiernas största

ämne och jag höll på med det hela terminen.
I 'Civilrätt 1' ingick avtalsrätt, köprätt,
skadeståndsrätt, växel och checkrätt mm. Det
kändes märkligt att läsa ett ämne en hel termin
men det fick gå. Jag fortsatte att studera från
start och ägnade cirka sex timmar om dagen åt
studier och av det kanske två timmar lärarledd
undervisning. Det var ganska trist att läsa så
mycket själv men å andra sidan fick man ju en
hel del fritid. Jag fortsatte besöka biblioteket och
lyssna på musik där men mer sällan. Jag ägnade
mig mycket åt löpning och sprang en runda 3-4
gånger i veckan. Att cykla kors och tvärs hörde
också till Uppsalatillvaron som jag verkligen
uppskattade.

Jag och Karin gick på samma kurs men vi
pluggade inte ihop men kunde förstås ställa
frågor till varandra. Jag var bättre än Karin i
muntlig framställning eller snarare mer orädd
att ställa frågor inför stora grupper men Karin
hade en fenomenal förmåga att instudera olika
ämnen samtidigt som det säkerligen gick en
hel del cigg. Karin rökte mycket, för mycket
enligt mig, men å andra sidan rökte hon inte

inomhus. I vart fall inte i mitt studentrum. Vi hade inga planer på att flytta tillsammans men vi hade flyttat från Djäknegatan till Studentvägen respektive Rackarberget. Jag vill minnas att jag bodde på Rackarberget 28. Huset låg i alla fall bakom den stora gatan som skilde Rackarberget från Studentvägen där Karin bodde. I min korridor fanns det fem rum och precis som på Djäknegatan så delade man toalett vilket sällan var kul. Karin hade egen toalett och hennes korridor bestod av åtta rum med fyra rum på var sida om ett trapphus. Gemensamt kök hade hon och det hade jag också. Hyran var något lägre på Rackarberget. Jag betalade 225 kr i månaden mot tidigare 245 kr, vilket var ganska rimligt med tanke på att studielånet nu var upp i dryga 5 000 kr per termin. Hyran betalades bara under nio månader per år, vilket förstås var mycket uppskattat, Sommarmånaderna var hyresfria. Om man utslaget hade ca 1 100 kr per månad så utgjorde hyran bara 20% av det man hade att disponera. Jag tror mig veta att dagens studenter får använda 40% eller mer av studielånet till hyra.

KAPITEL 15

STUDENTKORRIDOREN

HASSE

I min korridor bodde Hasse – kanske
efternamnet var Bäckström – som läste ekonomi
och som spelade blåsinstrument i flera olika
studentorkestrar. Han var utomordentligt trevlig
och lättsam men knappast social mer än fem
minuter i taget. Han ställde till en faslig oreda
i köket och kunde aldrig äta en macka utan att
lämna smulor efter sig och massa disk som
oftast jag kände mig tvungen att diska för att det
skulle se skapligt ut. Jag fick mina vredesutbrott
över hans slarvighet men det rann av honom
som vatten på en gås. Trots sin musikalitet
köpte han sällan skivor och därmed kunde jag
inte låna skivor av honom. Han fick efter något
år sällskap med en väldigt ljuv kvinna och det
skulle inte förvåna mig om de håller ihop ännu.

Jag har så där vart femte år stött på Hasse och då har vi alltid växlat några ord.

DAG

Dag Isaksson var en oerhört trevlig person som jag snabbt lärde känna. Han kom från mycket goda ekonomiska förhållanden. Familjen hade sommarstuga i Sandhamn där jag var på besök någon gång. Dag och jag kom väldigt bra överens och han älskade mitt 'studentkorridorbakade bröd'. Han tyckte så mycket om det att brödet brukade vara slut dagen efter att jag bakat det. Oftast bakade jag två gånger i veckan eftersom även Hasse var spekulant på mitt 'rågsiktsbröd med kummin'. Oförmågan att hålla rent på skärbrädor och eljest gjorde att vi fick mjölbagg från och till och det var väldigt svårt att få bort. Att bita i en mjölbagge är inte kul men det hände lite för ofta.

Dag hade en väldigt speciell musiksmak. Han älskade jazz och det var inte så vanligt i Uppsala. Hans stora favorit var Keith Jarreth som var en färgad pianist som var stor inom sin genre på 70-talet. Jag lånade visserligen Dags skivor men det var knappast något jag kom att älska. Jag har fortfarande väldigt svårt för jazz i alla former.

Dag och jag hade inga problem att prata med varandra men allt som oftast åt vi middag ihop med våra respektive. Varken Karin eller Elisabeth – Dags flickvän – var några mångordiga damer så våra middagar blev ofta väldigt pinsamma när samtalsämnena tog slut eller blev alltmer krystade. Trots att middagarna så sällan blev lyckade så fortsatte vi äta ihop regelbundet. Åtminstone första året på Rackarberget. Jag kom att bo där fram till 1978 då jag flyttade ihop med Maud och bodde i Hemsta, ett område ut mot Enköpingsvägen i höjd med Flogsta.

Dag var en mycket flitig student och efter avslutade grundstudier så fortsatte han och doktorerade om 'peptider'/proteiner och blev sedermera docent och kanske också professor? För något år sedan pratade jag med en dam på bussen från Skavsta och det visade sig då att hon hade Dag Isaksson som lärare. En uppskattad sådan.

'BRUTMANNEN'

Vi hade en kille som bodde på annat håll, troligen med sin tjej, men ändå hade kvar sitt rum som en slags livlina. Han var sällan på rummet men när han var där så duschade han och tog sedan på sig rikligt med rakvattnet 'Brut' som var mycket populärt på 70-talet. Så snart han rörde sig så skapade han en doftmässig pist. Vi fick aldrig någon kontakt med varandra men lustigt nog var det en karl i 60-årsåldern som stoppade mig utanför 'Herr i City' – numera nedlagd och övertagen av Spec-savers – i Gävle, för ett antal år sedan och upplyste mig om att vi bott i samma korridor och då förstod jag att det var han. Samtalet varade högst en minut men det var ändå intressant att få veta att han var vid liv och bodde i Gävle av alla ställen.

MUHAMMED

Muhammed var iranier och bodde bara i vår korridor en kort tid. Muhammed var enormt trevlig och lättsam men det var bara ett bekymmer. Han vägrade använda toalettpapper så när han var på toaletten så hörde man hur det

stänkte regelbundet från kranen och när man
kom in på toaletten skulle man inte vara barfota
för det var rejält blött på golvet. Han hade
använt vattnet istället för toapapper och det var
ju inte helt lyckat i en studentkorridor. När jag
varit i länder där den inhemska befolkningen
inte använder toalettpapper har jag sett att det
hänger ett litet duschhandtag med bra tryck
och då kan det ju bli mindre spill på golvet.
Sådana moderniteter fanns inte på 70-talet i
studentkorridor.

BERTIL

Efter ett par år på Rackarberget så flyttade det in
en mycket speciell kille i korridoren som hette
Bertil. Han gick omkring i kjolliknande plagg
och han gjorde stora veckokok med grönsaker
och ibland kyckling som han sedan åt av under
närmare en vecka. Han berättade att han brukade
arbeta på Akademiska sjukhuset eller Ulleråkers
sjukhus. Han vakade där och arbetade så
intensivt som möjligt under några månader för
att sedan åka till Indien och vara där och i andra
länder i Asien under ett antal månader. Han höll

på att arbeta med en reseguide för backpackers som också kom ut och jag tror till och med att den blev lite av en succe. Killen i fråga hette Bertil Littner och har under många år arbetat på Svenska Dagbladet som utrikeskorrespondent eller motsvarande och han har skrivit mycket initierat om vad som händer i Asien. Jag och Bertil blev aldrig särskilt bekanta men Dag och Bertil kom väldigt väl överens och jag kan fortfarande minnas hur jag kände mig lite överkörd av Bertil eftersom Dag föredrog Bertils sällskap framför mitt.

1974 – FORTSÄTTNING

Jag hade bestått provet hos familjen Sigstam och var mycket nöjd med det. Nu gällde det att fortsätta att ha en bra kontakt och komma på bra saker som band oss samman.

BÖCKER

Hos familjen Sigstam fanns enorma bokhyllor och jag fick många tips, särskilt av Kaj, på böcker jag kunde läsa. Karin läste också mycket och familjens läsintresse gjorde att jag också

började läsa mer skönlitteratur än tidigare. En
författare som var på ropet och som jag läste
så mycket jag kom över av var Sven Delblanc.
Hans böcker om Hedebyborna blev senare
filmade med en massa bra skådespelare.

KLÄDER

Jag fick en känsla av att Karin hade det bättre
förspänt med ekonomi än jag men det var
kanske bara för att hon rökte som jag trodde det
för rökning har aldrig varit särskilt billigt. Hon
la inte ner några jättesummor på kläder men
var alltid propert klädd. Hon följde även med
mig på H&M för att fynda kläder. 74/75 var det
inga problem att hitta en tröja för en tia i deras
'störtkorgar' med fyndvaror.

VANLIGT LIV

Jag fortsatte att motionera flitigt och det
intresset delade jag inte med Karin. Jag lyssnade
alltjämt mycket på musik och nu hade jag också
investerat i en 'allt i ett maskin' som jag var
mäkta stolt över. Man kunde lyssna på radio,
skivor och kassetter.

Jag och Karin åkte ofta till Stockholm och vi träffade ofta hennes syster Anna-Lena som var ihop med Stefan. Jag vill minnas att de gifte sig hösten 1974 och troligen kom dottern Erika året därpå.

Allt flöt på väl och jag trivdes verkligen med tillvaron och hur kunde det vara på annat sätt när man var ihop med en vän och vacker varelse som man själv valt? I relationen med Ann-Catrin var det ju hon som valde mig och jag hakade på.

KAPITEL 16

1975

HISTORIA

Richard Nixon hade avgått efter Watergateskandalen 1974 och nu var det Gerald Ford som tagit hans plats. En man som inte satte särskilt många spår vad jag minns. Vad jag däremot minns var att det var han som avslutade det för mig förhatliga Vietnamnkriget. År 1975 hände det och USA lämnade Vietnam med svansen mellan benen. Nu var det CIA:s tur att söndra och härska i det-relativt-fördolda-inte bara i Vietnamn utan i hela världen. USA:s intressen skulle skyddas till varje pris. I Sverige var det Palme som styrde ett tag till innan borgarna tog över 1976 med Torbjörn Fälldin i spetsen.

STUDIER

Studierna under våren 1975 var betydligt roligare än de under höstterminen 1974. Vi läste äktenskapsrätt och testamentsrätt och annat kul som gällde fram till halvårsskiftet. Under den här tiden hade vi bland annat Bertil Bengtsson som lärare, en professor som hamnade i HD vad det led. Han skrev massor med böcker och var en otroligt duktig föreläsare och en sann människovän. I vart fall var han snäll mot oss studerande.

Professor Anders Agell var en annan klippa som både skrev böcker i om äktenskapsrätt och testamentsrätt med mera. Han dog för några få år sedan. Innan dess hade jag anlitat honom som expert i ett mål om testamentstolkning. Utlåtandet kostade 10 000 kr men det hjälpte inte. Jag och min klient förlorade. Carl Axel Bladh, före detta lagman, var den som höll i bilan.

RESOR

ST ANTON

Jag hade jobbat lite under jullovet och var allmänt sparsam så nu hade jag råd att ta en restresa till St Anton i Österrike. Med i bagaget fanns en hemstickad mössa från min käresta. Karin var mycket duktig på att sticka. Jag hade egna pjäxor som gjorde kraftigt ont men hyrde utrustning i övrigt.

Jag fick kontakt med en svenskkoloni som förhöjde värdet av 'afterskin' – den var nog lika viktig som skidåkningen – och kvällarna. Det dracks en hel del gluhwein och annat typiskt österrikiskt men jag undvek Stroh-rum med tanke på vad som hände 1970.

Karin var på gång med skidåkningen men den här gången ville hon inte följa med. Annars kom vi till att göra en del skidresor tillsammans, bland annat till Norge med hela familjen Sigstam.

HAMMAMET

I april var det dags igen och denna gång åkte jag med Karin. Vi åkte till Hammamet i Tunisien. Hittade en restresa för hanterbara pengar där måltiderna ingick. Vi kunde välja mellan sju olika rätter till lunch och lika många till middag. Minns att det var ganska kallt.

Inget badväder precis men bra utflyktsväder. Vi bodde lite utanför Hammamet och självfallet

skulle vi in till gamla stan och kika på den stora
marknaden där och äta något typiskt för landet.
Vi närmade oss centrum från fel håll visade
det sig men en tjänstvillig grabb tog oss mellan
alla privata bostadshus till centrum mot viss
ersättning. Tursamt nog blev vi inte nedslagna
när vi gick genom bostadsområdet.

En annan utflykt var med kamel till närlig-
gande öken och när vi kommit en bit bort från
Hammamet så styrde kamelföraren oss till ett
boningshus på rena bondvischan. Från den enkla
boningen kom det ut en gammal man med kläder
som hämtade ur 'Ali Baba och de 40 rövarna'.
Kamelföraren pekade på kläderna och tyckte vi
skulle ta på oss dem och det gjorde vi eftersom
vi insåg att vi annars kanske skulle vara tvungna
att gå tillbaka. Väl utstyrda skulle det fotografe-
ras mot ersättning förstås. Ingenting var gratis
men å andra sidan inte särskilt dyrt heller. Det
var ju lågsäsong. Vi tog oss med tåg till huvud-
staden Tunis. Där inhandlade jag en fågelbur
– vad jag nu skulle ha den till – och ett fint blått
överkast med ränder. Därefter var det dags att
ta sig hem och vi tyckte båda att semestern var

ovanligt lyckad.

SOMMAREN 75

Karins pappa Kaj var en mycket vänlig själ och gav både Karin och mig sommarjobb. Jag hjälpte till med att sälja segelbåtar av märket Albin Ballad och Albin Vega på 9 respektive 8 meter. Det såldes även Albin 25 de lux som var en motorbåt på cirka 6 meter. Jag fick vara allt i allo och skulle väl fungera som lite olja i maskineriet för båtförsäljningen och verksamheten på Sevenco som faderns företag hette. Båtarna var dock inte inköpta av Kajs företag utan av ett företag som drevs av uppfinnaren och läkaren Per Uddén som bland annat blev känd för 'Permobilen'. Både jag och Karin hade nu tjänat en slant och det var dags för ny semester.

ÅTER TILL HAMMAMET

Även denna gång åkte vi till Tunisien och Hammamet. Nu var det inte längre kallt utan snarare 40 grader i skuggan och jag minns att jag brände mig svårt. Vi blev kompisar med ett par från Helsingborg som vi umgicks en del med och sedermera också besökte i Helsingborg. Hela gänget var väl lite nudister och en dag så tog vi oss bort från hotellmiljön och jag och killen skulle bada nakna. Flickorna nöjde sig med att kasta överdelen. Hur som helst så tyckte jag – av någon outgrundlig anledning – att det var lämpligt att kasta badbyxorna, in mot stranden efter att ha gått ut i vattnet. Det fungerade väldigt bra till dess att jag kom tillbaks och märkte att badbyxorna spolats ut i vattnet och inte längre fanns kvar eller också hade Karin och den andra tjejen gömt dem. Det var till att ta sig tillbaks till hotellet med en minimal handduk som skydd. Kul efteråt men inte så kul just då och som tur var blev jag inte tagen av sedlighetspolisen för den fanns där. Det var ridande polis på stränderna som gällde. Det var också en väldig övervikt på kraftfulla äldre damer som uppvaktades av unga grabbar.

FORTSATTA STUDIER –HÖSTEN 75

Nu hade vi läst två år det vill säga halva tiden bortsett från uppsats eller tilläggsämne. Hittills hade varken jag eller Karin missat någon tenta.

Nu skulle vi läsa Straffrätt och som en av hu-
vudlärarna hade vi docent Göran Elwin, pappa
till programledaren Cissi Elwin. Han var en ut-
märkt lärare och hade skrivit boken 'Den första
stenen' som la grunden för mitt stora intresse för
brottmål. Vi hade också någon gammal stofil vid
namn professor Nelson som inte var lika kul som
Elwin. Göran Elwin var inte bara kul att lyssna
på. Det var även kul att titta på honom med sina
kraftiga arbetarskor, tjocka denimjeans och fla-
nellskjorta. Det ryktades om att han var väldigt
radikal och tillhörde SKP eller KFML. Om det
stämde vet jag inte. Oavsett hur det förhöll sig
med hans politiska preferenser så var han en väl-
digt bra som lärare.

LIVET I ALLMÄNHET

Livet fortsatte att leka och jag bodde kvar på
Rackarberget och Karin på Studentvägen. Vi
gick alltmer sällan ut och dansade men däremot
så hände det från och till att vi gick på teater till-
sammans i Stockholm och då och då även i Upp-
sala. Bio blev det regelbundet och en och annan
konsert. På Gröna Lund lyssnade vi på både Bob

Marley, The Osmonds och Evert Taube.

Jag fortsatte baka bröd och Dag och Hasse fortsatte ta mitt bröd utan att fråga.

Karin och jag umgicks en del med Dan Gärdefors och hans Susanne och vi trivdes båda med tillvaron. Kontakten med familjen Sigstam blev bara bättre och bättre och jag fick låna en klarinett av Karins storasyster Anna Lena. Jag tränade intensivt på mitt dåligt ljudisolerade rum. Grannarna höll sig någorlunda lugna men när jag försökte spela 'Angie' av Rolling Stones så kom det en granne två trappor upp och bankade på vår dörr och uppmanade mig att omgående sluta annars skulle jag få se på andra bullar.

JULETID

Jag var hemma hos familjen på julen och sedan åkte jag upp till Karin och hennes familj. Nu kom det besökare från Linköping. En mycket trevlig familj med tre flickor där de äldsta hette Marianne och Eva. Den senare började att läsa i Uppsala ungefär vid den här tiden. Eva och jag blev väldigt bekanta och det hände att vi gick på bio tillsammans även när inte Karin var

med. Eva tillhörde personkretsen som jag saknar
när jag tittar i backspegeln på samma sätt som
jag saknar att jag tappade kontakten med Lena
Persson ifrån Sveg. Vissa människor gör större
intryck än andra. Nu för tiden så tycker jag man
tappar vänner hela tiden. Antingen dör de eller
också tappar man kontakten av andra skäl. En
mycket obehaglig utveckling. En av åldrandets
mer tragiska sidor.

ÅRET VAR 1976

HISTORISK TILLBAKABLICK

I USA fortsatte Gerald Ford att vara president
och vi hade vår Palme som skulle förlora i valet
i september samma år. Det var väl bl a beroende
på Pomperipossadebatten mellan finansminister
Gunnar Sträng och Astrid Lindgren som jag vill
minnas höll på det här året. Quicksilvret Palme
med sina dräpande repliker och med en osan-
nolik förmåga att köra över folk skulle bytas ut
mot den sävlige bonden, från Norrland, Torbjörn
Fälldin.

STUDIER

Under andra terminen 1976 vill jag minnas att vi läste processrätt. Det gick trögt för mig. Processrätt och teknik har aldrig tilltalat mig. Bristande studier under den här tiden har sedan förföljt mig genom yrkeslivet. Bara att slå upp ett kapitel i Rättegångsbalken känns obehagligt. En helt annan sak med Brottsbalken. Handfast och rejäl och många spännande brott. 'svin må ej i ollonskog släppas' för att ta ett bra exempel.

Efter att ha blivit klar med straffrätten så kom jag i kontakt med en studerande flicka som vill ha privatlektioner mot betalning. Det gav inga jättepengar men det innebar att jag kunde köpa brunsvarta tallrikar från Arabia som var väldigt i ropet då och ganska dyra för i vart fall studenter. Tallrikarna var nog i stengods. De gick aldrig sönder. Inte minsta spricka. Man kan fortfarande köpa dem på loppis och i secondhandbutiker. Jag köpte faktiskt ett par sådana tallrikar av nostalgiska skäl på Erikshjälpen för ett tag sedan.

Även om jag inte tyckte om processrätt så tentade jag i rätt tid och fick betyget under spets.

Ganska hyggligt trots allt. Karin spetsade säkert. Hon spetsade allting vill jag minnas. Det började bli tjatigt med hennes goda resultat och även med diskussionen med hennes pappa Kaj om hur det hade gått på tentan. Jag var ju en tävlingsmänniska och att förlora gång efter gång kändes olustigt. Det var troligen det som jag gjorde att jag nu valde att ta ett sabbatsår.

SEMESTER

VINTER

Jag fortsatt att lägga mitt överskott på resor och särskilt på skidresor. Jag åkte en vecka till Åre-Duved i början på 1976 och även till Sallbach Hinterglenn i Österrike. Jag började åka bättre men inte särskilt bra. Jag hade ingen bra utrustning.

SOMMAR

Sommaren 1976 åkte jag och Karin till södra delen av Grekland och en ö som hängde ihop med fastlandet-Evian. Det var en hygglig semester. Jag spelade mycket strandtennis. Vi hade en

väldigt snygg reseledare och Karin blev sotis när
jag dansade med henne på någon tillställning.
Vi gjorde lite utflykter men tog det i huvudsak
lugnt. Vi hann också med en tripp till en badort
i Rumänien samma sommar. Den lämnade inga
starka spår men det var kul att besöka huvudsta-
den Bukarest.

SOMMARJOBB

Kaj var hygglig nog att ge mig jobb även som-
maren 1976 och det hade också – liksom som-
maren innan – kopplingar till segelbåtar och lite
annat pyssel.

LIVET LEKER

Livet fortsatte att leka och inga tunga oros-
moln fanns på himmelen. Kungen gifte sig med
sin Silvia någon gång 75/76 och jag och Karin
var där och vinkade till dem trots att jag verk-
ligen inte är eller varit rojalist. Abba sjöng sin
Dancing Queen och kom etta på USA-listan. Det
var troligen bara Abba och Björn Skifs som varit
etta där 1976 bland svenska musiker. Sedermera
hade ju Abba stora framgångar även i USA lik-

som Roxette. Elton John var mycket i ropet liksom Rod Stewart. Rolling Stones harvade på och Wings gjorde tråkig pop. Hårdrock blev alltmer i ropet med bland annat Deep Purple. Hårdrock har jag aldrig gillat men hårdrocksballader kan gå an och särskilt med Scorpions men de slog ju igenom betydligt senare.

KAPITEL 17

FAMILJEN

Min syster Heidi måste ha gift sig för första gången i den här vevan och Hillevi flyttade tidigt hemifrån. Kvar hos mina föräldrar blev min bror Joakim. Min far fortsatta att snickra på huset i Äspäng när han var hemma från sjön och ibland kom hans bror Mats och hjälpte till. Minns att vår hund fick valpar då som var en blandning av schäfer och golden retriever. Väldigt stiliga hundar.

HÖSTEN 1976, ARBETE

Det var Dan Gärdefors – min gode vän – som fick mig att våga ringa till vikariejouren för lärare och säga att jag ville vara timvikarie. Jag fick nästan genast napp och var mest i lågstadiet men även i mellanstadiet. Jag kom på att det här var väldigt trevligt och det som var extra trevligt var att jag kunde åka buss till mina olika arbetsplatser och på bussen kunde man läsa en god bok. Det blev som en mani. Jag bestämde mig för att ha ambitionen att läsa en bok om dagen och för att det skulle fungera så valde jag korta, lättlästa böcker. PC Jersild, Steinbeck och Hemingway skrev sådana. Karin läste mycket men inte lika mycket som jag. Äntligen något jag slog henne i. Under mitt sabbatsår så läste jag inte mindre än 300 skönliterära böcker. Den nivån har jag aldrig kommit upp i igen. Nu får jag nöja mig om det blir 100 böcker /år.

Karin vann också stort över mig när det gällde att sova. Hon kunde sova till 11 på förmiddagen utan att skämmas. Då hade jag redan hunnit baka sockerkaka och dela den med favoriten Gunnel hos familjen Sigstam. Ännu ett arbete som jag lyckades få var som vårdare på 'Luthagsgården'. Det var ett utslussningshem med cirka tio platser för dem som suttit i fängelse. Jag trivdes mycket bra där och det var en mycket trevlig personal. De tyckte om att jag lagade mat och bakade. Det var alltid jag som lagade mat när jag var tillsammans med Karin

Sigstam och det intresset har sedan funnits där
hela livet. Även nu tycker jag mycket om att laga
mat och efter snart tio år tillsammans så har jag
blivit bjuden på mat av min nuvarande hustru
Rose kanske 5/10 gånger per år.

När jag gjorde hål i en sockerkaksform-på
Luthagsgården för att kunna göra skörost/äggost
så blev dock chefen – Lars Olof Hast tror jag han
hette – mäkta irriterad. Att det fanns tio andra
formar brydde han sig inte om.

Jag jobbade även på Kriminalvårdsanstalt
Studiegården men det tyckte jag inte alls om.
Bland de intagna fanns yxmördare och andra
våldsmän. De skulle bli bättre människor genom
att studera var tanken om jag förstod det hela
rätt. Vissa av dem var väldigt hotfulla. Ibland
hoppade jag väl in på Ulleråkers sjukhus men
i grunden klarade jag mig bra på mina påhugg
och behövde inte ta studielån som jag kanske
hade fått eftersom jag läste ekonomisk historia
på halvfart.

1977/78

Hösten 1977 fick det vara nog med sabbatsår.

Nu läste jag på allvar igen men inte med någon entusiasm. Jag hade tappat stinget. Dessutom läste jag fruktansvärt tråkiga ämnen som skatterätt och kommunalrätt. Hur tråkigt det än var med studier så fortsatte jag men skatterätten fick jag göra om. Det var enda ämnet som jag inte lämnade in i rätt tid under mina år i Uppsala.

MUSIK 76/77

Det var på Luthagsgården som jag 1976 spelade upp min nyinköpta skiva City to City med Gerry Rafferty som jag fortfarande tycker om och särskilt låten Island. År 1976 kom också 'Hotell California' med Eagles och samma år kom 'This is my life' med Kim Larsen och Gasolin. Det är låtar som jag fortfarande lyssnar på. Luthagsgården är numera sjukhus och – tror jag – hälsocentral. På den här tiden lyssnade jag också mycket på Pink Floyd. Ofta blev det lite mer allvarlig musik och inte så trallvänlig som tidigare. Jag utvecklade också mitt eget gitarrspel. Musiken har alltid varit viktig i mitt liv. Både att spela själv och lyssna på musik. Jag har haft perioder då jag lyssnat mycket på klassisk musik men klassisk musik har aldrig dominerat. Inte heller jazz. Jag tycker genuint illa om jazz och särskilt storbandsjazz med alla deras solon. Gladjazz har jag viss fördragsamhet med.

VAD SOM HÄNDE MIG I HUVUDDRAG 1977 -Sammanfattning och lite retro

VÄRLDEN

I januari 1977 tillträdde jordnötsodlare Jimmy Carter som amerikansk president. Såsom motvikt i Sverige hade vi Torbjörn Fälldin och hans regering. Jag vet att jag var misstänksam mot hur det skulle gå efter långt sossestyre. Det var en ekonomiskt svår tid och i budgeten var det rekordstort underskott. I övrigt så hade vi Tältprojektet och det var förbjudet när man var lite mer radikal att tycka om Abba som var kommersiell och 'eländig' musik. Skulle jag ha spelat Abba i min korridor hade jag blivit mer eller mindre lynchad. Däremot hade det gått bra att som Dagge lyssna på fina improvisationer av jazzpianisten Keith Jarreth. Tältprojektet kunde man också lyssna på, liksom all proggmusik, och jag hade

lagt märke till mig redan på flygplanet när jag konverserade en 50 årig dam – lite besvärlig som granne – och hade tipsat Maud om hur trevlig jag verkade vara. Birgit var äktenskapsmäklerska åt sin dotter som var singel.

Då jag inte ville ställa till det för mig så sa jag till Maud att vi skulle låta bli att kontakta varandra på en månad för att se om det fanns några känslor kvar efter skidsemestern.

HEMSEDAL MM

I februari 1977 åkte jag med familjen Sigstam till 'Hemsedal' i Norge och hade där förmånen att träffa Elisabet Holde som jag lärt känna 1968 när familjen Emstedt hyrde en stuga på fjället och jag blivit betuttad i flickan som vallade kor utanför vårt hyrda hus. Jag fick låna familjen Sigstams ena bil för att hälsa på familjen Holde och pappa Holde bjöd på hemkörd snaps och tyckte jag skulle ha en i vardera benet. Det blev lite dimmigt att köra tillbaks till stugan men tillbaks kom jag. Hemsedal var då en mycket trevligt skidort vilket det fortfarande är så vitt jag vet.

På egen hand åkte jag till Åre och Duved och åkte skidor och ännu en sväng blev det till Verbier i Schweiz och då var vi nog inne i mars månad. Gode vännen Dan Gärdefors var med och Karin var också med.

RELATIONSPROBLEM

Det fortsatte vara svajigt med Karin och innan månaden gått till ända så hade jag träffat Maud igen. Jag träffade henne i smyg allt som oftast. Jag misstänkte att Karin träffat någon annan men hade inget direkt stöd för det. Det var någon i hennes studentkorridor som hon visade ett onaturligt stort intresse för. I alla fall tyckte jag det. Jag forskade aldrig i saken och konfronterade aldrig Karin i denna fråga såvitt jag kan minnas. Kanske kan jag ta upp det när jag träffar henne här näst. Nu är det väl snart 10 år sedan vi träffades. Börjar bli på tiden med andra ord.

TERRACINA ITALIEN

I maj månad 1977 åkte jag 'olovandes' till Terracina med Maud och vi besökte också Rom samt Neapel och Capri. Vi hade en fin resa ihop men jag hade mycket dåligt samvete. Så här kunde det ju inte vara. Det var ju som hämtat från någon hemsk pocket i 'Vita Serie'n som var populär på den här tiden eller kanske från någon djuplodande fransk film som Jules och Jim av Francois Truffaut som jag vill minnas kom vid den här tiden.

Nu blev det verkligen svårt. Men det var bara att vänta ut rätt tillfälle för att vi unga spolingar skulle få chansen att göra slut under lite mer konkreta former. Jag var nu 24 år gammal och Karin var bara 22. Maud var 23. Jag och Karin hade givit varandra 3,5 år vilket var en väldigt lång tid för så unga människor. Vi hade haft en fantastisk tid ihop och jag hade lärt känna en fantastisk familj. Familjen Sigstam är fortfarande en de finaste familjer jag kommit i kontakt med i mitt snart 70 åriga liv. Hur som helst så fanns det vid denna tid fortfarande mycket valpfett bakom öronen. Det verkliga och ansvarsfyllda Livet med stort L väntade fortfarande på oss båda. Det som sedan skedde och som jag nämnde ovan var väl ganska oundvikligt. Maud var en mycket viktig spelare i mitt liv och det fick fälla avgörandet.

KAPITEL 18

ARBETE

Under sommaren 1977 arbetade jag inte längre
i Kajs företag. I stället arbetade jag som vakt-
mästare på frivården i Uppsala. Det fungerade
det också.

SEMESTER

I juni/juli åkte jag till Gotland för att cykla
och campade en natt på Sudersands camping på
Fårö. Där campade också raggare som spelade
musik hela natten. Jag sov inte en blund och inte
heller raggarna. Cyklade mot Visby och upp-
täckte efter någon mil att jag hade tappat min
jacka. Det var en regnjacka av bra kvalitet. Som
en följd av denna förlust så cyklade jag tillbaks
på fel sida av vägen för att leta i diket. Många
bilar tutade på mig och undrade vad jag hade för
mig. Jackan anträffades men på Sudersands cam-

ping, där jag hade övernattat. Kanske 50 meter
från den plats där jag tältat. Jag blev så förban-
nad så jag cyklade direkt till Visby och åkte hem
till fastlandet trots att det var tänkt att jag skulle
ha varit på Gotland en vecka. Jag hann vara
där en natt. Jag beställde en resa till Nice som
kompensation för denna min mest misslyckade
semester i mitt liv, så här långt.

Tillbaka till Sverige och nu skulle jag och Ka-
rin inte åka på tjusig semester utan segla tillsam-
mans med systern Anna Lena och hennes make
Stefan. På båten grälade jag och Karin något
fruktansvärt – värre än vi någonsin gjort tidiga-
re – och det ledde till att Karin gjorde slut med
mig där och då. Jag grät inte alltför mycket. Det
var ju den här katalysatoreffekten som jag väntat
på och fördelen var ju att Karin gjorde slut och
inte jag. Moralen var väl inte direkt lysande men
då tyckte jag att jag fick lite av en helgongloria.
Den var också bra att ha för att tackla situatio-
nen gentemot Karins mamma Gunnel som var
mest ledsen för att det tog slut. Ett par dagar se-
nare befann jag mig på Bornholm med Maud.

SLUTET PÅ HISTORIEN OCH BÖRJAN PÅ EN NY HISTORIA

I augusti 1977 hade alltså Karin Sigstam tröttnat på mig efter 3,5 år – det var nog ömsesidigt – och jag hade passat på att kära ner mig i Maud som är min stora dotter Annas mamma.

Jag och Karin stod nog ut med att det tog slut. Vi blev snabbt vänner men Gunnel blev besviken. Hon kom sedan och besökte mig i Uppsala. Vi var som ett kärlekspar jag och Gunnel och hon var väldigt intresserad av att höra om Anna när hon i sin tur skilt sig från Kaj. Jag och Anna var också och hälsade på Gunnel i hennes fina vindsvåning efter att hon och Kaj sålt huset i Herrängen, efter deras skilsmässa. Jag hann också bo hos Gunnel under ett par månader 1984 då jag arbetade på Skatteverket.

BORNHOLM

Efter att det tog slut med Karin i augusti 1977 så åkte jag och Maud till Bornholm och hyrde cyklar och cyklade runt samt tältade. Man gjorde så på den tiden. Vill minnas att jag köpt ut Karin från tvåmanstältet som vi köpt för att åka

till Jugoslavien 1974. Jag och Maud cyklade till
'Doeudden' som var en nakenstrand på den tiden
men det var inget problem för jag och Maud var
båda vänner av nakenhet. Då var man smal och
vågade visa sig för kreti och pleti.

Bornholm var en mycket trevlig upplevelse
och det var även där som sonen Alex lärde sig
gå i juni 1990. Då var han tio månader gammal.
Minns att man hade mycket bra vandrarhem på
Bornholm och att de nykokta räkorna var under-
bara. Förra sommaren försökte jag komma i väg
till Bornholm men det blev aldrig så.

RELATIONEN MED MAUD

Relationen med Maud utvecklade sig bra. Hon
hade en trevlig lägenhet nära Hantverkargatan
på Kungsholmen i Stockholm och dit for jag så
ofta jag kunde. I den hade vi ofta kuddkrig och
ibland så intensivt att grannen under kom och
klagade. Då gällde det att raskt få på sig kläder-
na och beklaga sorgen och lova att aldrig göra
om det och sedan fortsatte kriget.

MUSIK

Under 1978 fick jag smak för Pink Floyd som troligen kommit ut med 'Animals' under det här året. Jag hade sedan tidigare gillat 'Dark side of the moon' skarpt. Det är troligen fortfarande den skiva som legat längst tid på amerikanska billboardlistan. Långt mer än 10 år.

Jag fortsatte tycka om Van Morrisson men var ganska trött på Bob Dylan som inte alls var lika lysande under 70-talet som under 60-talet men ändå gjorde 'Blood on the tracks' som var en bra skiva men som inte kunde mäta sig en sekund med 'Highway 61 revisited' från mitten av 60-talet.

Jag lyssnade mycket på Björn Afzelius och Mikael Wiehe som soloartister. Det gjordes mycket skräpmusik på 70-talet bland annat Sweet, Mott the hople och andra dyngband. Rod Stewart som varit så bra 75-77 tyckte man skulle svara på frågan 'Do Y think I am sexy'. Jag vägrade. Wings med Paul Mc Cartney var inte heller bra det här året. Musiken från filmen Grease var mycket populär detta år.

Maud – som närmast var en kopia av Karin med sina ca 1,6 meter över havet och cirka 50-55 kilo – åkte skidor liksom Karin. Maud var dock lite av en nybörjare och gick i skidskola dels när vi träffades i januari 1977 men även när vi åkte till St Anton i februari 1978. Jag var helt inställd på att betala resan men Mauds osannolikt generösa pappa Sture betalade för min resa och plötsligt frigjordes ca 2 000 kr och jag kunde köpa ett par värstingskidor – C4 Fischer – som var bland det bästa som kunde köpas för pengar på den tiden. Åkte man i välpistad pist så var det som att köra ett lokomotiv men råkade man komma ut i puckelpist eller lössnö så var de förfärliga och särskilt eftersom jag satt på 'portar' för att skidorna inte skulle korsas. Det var nu som jag lärde mig uppskatta att åka med blodsmak i munnen. Ju snabbare desto bättre. Långt senare har jag åkt 100 kilometer i timman på sämre skidor så under 100 kan jag inte ha kommit upp i när jag körde för fullt. St Anton var trevligt och fridfullt och vi gjorde inte så många knop på kvällarna och var inte särskilt sociala av oss heller. Åt mest god mat och tog det lugnt.

Ett par veckor senare åkte jag med nyvunne vännen Gunnar Darin till Cortina DÁmpezzo i Italien. En mycket trevlig skidort och vi hade det väldigt bra under den här veckan även om Gunnar inte var den pratsamma typen. Vi hade ännu inte hunnit lära känna varandra. Det blev bättre efterhand. Vi har fortfarande viss kontakt med varandra på FB ett par gånger per år.

SOMMAREN 1978

På sommaren åkte vi till Mauds föräldrars sommarstuga på Öland och var där en vecka eller mer. Därefter åkte vi vidare till Korfu och vi besökte också Hippystranden vid Pelikas där jag bott 1973 med Hans Stockman, Lena Persson med flera. Vi åkte omkring på ön, mest med lokalbussar och hade en trevlig tid under en vecka.

HÖST

På hösten 1978 flyttade jag och Maud in i en fin studentlägenhet i Hamberg, nedanför Flogsta,

på två rum och kök. Här trivdes vi som fisken
i vattnet. Nu blev det färg-tv av begagnat slag.
Tv hade jag inte haft tidigare när jag bott i
studentkorridor och inte heller känt behov av
det. Det var vemodigt att lämna korridoren men
jag behöll ändå en viss kontakt med 'Dagge'.
Parallellt med mina studier så arbetade jag
vidare som lärarvikarie och behövde därför inte
ta några studielån.

FRITID

   Läsintresset fortsatte men inte lika intensivt
som tidigare.

Jag fortsatte att springa minst tre gånger i veck-
an och lyssnade mycket på musik. Jag köpte mig
också en gitarr och tog gitarrlektioner under en
termin. Detta intresse har sedan fortsatt genom
livet men tyvärr spelar jag alldeles för lite för
att hålla mig på en hygglig nivå. Det är något
av det som jag ska ägna mig åt när jag jobbar
mindre. Jag har även vilda planer på att lära mig
några häftiga solon på el gitarr. Det finns fortfa-
rande att göra och drömma måste man ju alltid
ägna sig åt. Ibland kan jag ju undra varför man

gör allt alldeles för sent. Jag tog privatlektioner i solosång under Ulla Hedblad på 80-talet och först nu, trettio år senare, så har jag fortsatt att ta lektioner för Olle Skiöld. När ska jag börja med komponering och när ska jag lära mig swahili på allvar. Det borde jag vara skyldig mina barn eftersom deras mor har swahili som första språk.

SAMMANFATTNING

Det kändes väldigt bra att bli klar med min jur kand och en ljuv kvinna hade ersatts av en annan ljuv och omtänksam varelse. Jag och Karin hade hunnit bli vänner och mamma Gunnel var inte långsint av sig utan kom och hälsade på mig och Maud i nya lägenheten. Livet fortsatte att leka och jag trivdes med tillvaron och hade hygglig ekonomi och kunde resa en del men la inte ner mycket pengar på vare sig kläder eller mat. Fortsatte att baka bröd gjorde jag också. Snart var det dags för nytt år; Dags att vända blad.

VIKTIGA HÄNDELSER i VÄRLDEN 1979

Vad först gäller sport så var Björn Borg fortfarande i full swing och blev världsmästare i tennis. Stenmark fortsatte skapa stopp i verksamheter på skolor och arbetsplatser när det var hans tur att åka slalom. Han vann minst ett tiotal tävlingar detta år. Jimmy Carter fortsatte i USA som president och USA fick nu en ärkefiende i Ayatollah Khomeini som utropade en islamisk stat i Iran,

Ryssland invaderade Afghanistan och drog på sig mycket kritik för det.

I Sverige hade vi val och borgarna vann mycket knappt så Torbjörn Fälldin fick bilda ännu en regering och denna gång en trepartiregering med Fp och moderaterna. Ola Ullsten fick avgå som statsminister. Man vann med minsta möjliga marginal: 175-174. Palme fortsatte som ledare för SAP.

VIKTIGT I MITT LIV 1979

RELATION

Jag fortsatte vara tillsammans med Maud och vi fortsatte att bo i Hamberg, lite utanför Uppsala. Jag arbetade som lärarvikarie och hon utbildade

sig till sjukgymnast även första halvåret 1979.
Jag hade fått min examensbok i januari 1979
även om jag avslutat mina jur kand -studier i ok-
tober 1978.

VÄGVAL

Eftersom jag hade bra betyg efter studierna
så fick jag en så kallad tingsmeritering som var
ganska svårt att få på den tiden. Jag hade tre val:
antingen jobba på tingsrätten i Kristinehamn
eller i Söderhamn eller också arbeta på
Länsrätten i Gävle. Länsrätten skulle bildas den
1 juli 1979 och innan dess skulle jag arbeta två
månader inom del av länsskatterätten – eller
motsvarande – med körkortsfrågor. Jag valde
det sistnämnda för att Mauds syster Ulla, som
var nybliven läkare liksom hennes make Björn
Gillhagen hade fått jobb i Gävle. Så också vår
gemensamme vän Gunnar Darin. Att jobba på
förvaltningsrätt var kanske inte lika prestigefullt
som att arbeta på tingsrätt men å andra sidan
var ju Gävle kommun betydligt större än
Kristinehamn och Söderhamn.

BIL

Jag och Maud hade lyckats skrapa ihop pengar
till en rejält begagnad, orange, Saab 99, med
hjälp av lite lån/bidrag från Mauds föräldrar
Sture och Birgit. Sture var journalist i grunden
och nu redaktör för Cooperatören-Coops egen
tidning. Birgit arbetade på posten men trivdes
inte alls och gjorde allt hon kunde för att slippa
arbeta där. Man bodde i Älvsjö i ett litet hus
bara ett stenkast ifrån Karins föräldrars hus
i Herrängen. Jag tror bilen kostade cirka 15
000 kr och självklart skulle det bli fel på bilen
omgående. Det var fel på kopplingen som
fick bytas ut och sedan kom reparationer slag
i slag och förstörde vår sköra ekonomi. Ett
antal år senare bestämde jag mig för att aldrig
ha gamla bilar utan köpa nytt för att slippa
reparationskostnader men det var då det. Bilen
gav ändå en väldig frihetskänsla. Nu var vi inte
längre beroende av allmänna kommunikationer
som inte ens fungerade särskilt bra på 70-talet.

FLYTT

Vi tillträdde vår 2:a på Näringsgatan på 'öster'

i Gävle den 1 maj men fick nog nycklar några dagar innan. Det var jag som flyttade upp först. Maud hade en del kurser kvar i Uppsala.

Inför nya jobbet hade jag köpt en ny beige kostym i bredspårig manchester som jag var stolt över. Den hade kostat en slant. På 1 maj var jag ute och cyklade sent på Alderholmen, inom industriområdet, för att bekanta mig med omgivningarna och lyckades cykla omkull och slå sönder mitt ena knä och även få ett hål i byxorna. Det blev därmed ingen kostym utan bara kavaj första dagen på jobbet och en haltande gång. Byxorna lagade jag senare. Jag hade ju gått i syslöjd.

SKATTERÄTTEN

På jobbet var det en Claes Jansson – i alla fall tror jag att efternamnet var Jansson – som var chef. En mycket jovialisk man som alltid hade kostym, vit skjorta och fluga. Han log jämt som om han uppträdde och alltid måste ha ett leende till hands. Han lärde mig snabbt hur jag skulle bestämma spärrtider i körkortsmål som var det jag skulle arbeta med i början. Under honom

fanns Göran Ormestad och Göran Fagerström.
Göran är alltjämt i livet och är pensionär sedan
ett antal år. Fagerström gick dessvärre bort för
några år sedan. Båda var oerhört sympatiska och
gjorde allt de kunde för att hjälpa mig att kom-
ma in i jobbet. Annica Engman arbetade också
där och var mycket lätt att ha att göra med. Hon
följde sedan med till Länsrätten men kanske inte
1979. Med henne skulle jag ha en kärleksaffär
några år senare, 1983. Tiden på 'skatterätten' blev
kort men jag trivdes bra.

LÄNSRÄTTEN

Länsrätten blev alltså en ny myndighet den 1
juli 1979 med allt vad det innebar. Det var en
svår omställning och det skulle komma en mas-
sa nya blanketter och annat som man inte haft
förut.

DOMARE

Bas för basset var Germund Sandler som var
son till före detta stats- och utrikesministern Ri-
kard Sandler som föll på frågan om Åland skul-
le vara svenskt eller inte. Sedermera blev han

landshövding i Gävle.

Germund Sandler var en mycket speciell herre som såg ut som Lilla Fridolf och hade en fru som var lika kort som han själv. Germund tyckte väldigt illa om att bli emotsagd. Då kunde han bli svårt kolerisk och brista ut i diverse personangrepp. Sandler hade jag kunnat studera på mitt tidigare jobb eftersom han fikade med oss och då kunde jag konstatera att han då liksom senare alltid hade med sig en påse skorpor till fikat. Tyckte han någon hade sagt något bra och hållit med honom med eftertryck så fick man en skorpa.

Den stora klippan bland rådmännen var Rune Norén som var en mycket social och trevlig rotelchef men som hade en väldig faiblesse för det han själv skrev. Han gick under namnet 'stryk-Rune' bland oss notarier eftersom han nästan alltid tog bort det vi föreslagit som dom och istället skrev 'se lapp'. Det var inte helt enkelt att stå ut med det här men man var bara 6 månader på varje rotel så det gällde att härda ut. Det var hos Rune man lärde sig mest och han var väldigt duktig på att leda förhandlingar.

Under åren har jag alltid haft en vänligt sinnad relation med Rune och hans förtjusande hustru Birgitta som under sitt yrkesverksamma liv varit åklagare. När vi ses på stan så hejar vi alltid på varandra och pratar lite om gamla tider.

Ny som rådman och beslutsfattare var Birgitta Norén som plockats över från länsskatterätten. Hon var duktig på skatter men hade väldigt svårt för att leda förhandlingar. Hennes man hade problem med ryggen men kunde köra bil och brukade ställa sig utanför domstolen och tuta på henne och då blev det en väldig fart. Birgitta var omtyckt av notarier och handläggare men ansågs lite 'mesig' och obeslutsam. Hon ändrade väldigt lite i förslag till domar. Hon dog för några år sedan.

En som i princip aldrig ändrade förslag till domar var Karl Egon Moerth som fått nys om att det fanns en rådmanstjänst att söka i Gävle och sökt i allra sista minuten. Karl Egon var en stor social talang men närmast oduglig på skatter som han skulle jobba med. Hade det inte varit för hans duktiga handläggare hade han haft mycket svårt för jobbet. Han hade till och med

svårt att skilja mellan taxeringsår och skatteår.
För att inte hamna i problem så älskade han att
skriva "på av Taxeringsintendenten (TI) anförda
skäl avslås ansökan." Karl-Egon litade på TI och
ansåg inte att det var viktigt att ha en egen me-
ning. Rune Norén var tvärt om liksom Germund
Sandler. Karl-Egon var dock en baddare på att
leda förhandlingar rörande omhändertagande av
barn och omhändertagande för vård ur nykter-
hetssynpunkt.

Ytterligare en rådman var Inger Andersson
– tror jag namnet var – från Uppsala. Hon var
duktig och självständig och hade ett hästgnägg
till skratt som ofta kom fram vid fikapauserna.
Germund tyckte att hon var väl stursk så ofta
tillrättavisade han henne så hårt att hon blev
alldeles rödblommig. Trots det var hon kvar ett
antal månader innan hon fick tjänst i Uppsala.
Hon var duktig så henne gick det säkert bra för
även efter att hon lämnat Gävle men jag fick ald-
rig information om hur det gick i Uppsala eller
på andra ställen.

NOTARIER

Jag var en av notarierna och jag vill minnas att jag började hos Germund Sandler. Det var inga som helst problem. Kristian Forner var en annan notarie som för övrigt läst med mig i Uppsala men vi hade inte blivit bekanta då. Kristian var en mycket självständig person som inte räddes vare sig fan eller trollen. Gunilla någonting – filten kallad – var en noggrann dam men inte särskilt snabb av sig. Hon hade björnkoll på varje tioöring som skulle utges i samband med att vi köpte fikabröd. Kennet Karlsson var från Karlstad och en mycket jovialisk person. Han hade också läst samtidigt med mig i Uppsala. Han påminde i kroppsformen om Germund Sandler och Kennet älskade snabbvin och ju snabbare de blev klara desto bättre. Han gick inte hem lika bra hos oss killar som hos tjejerna och särskilt hos handläggare Anna Lena Lönn. De hade något slags hemligt språk sinsemellan med uttryck om 'Alakas' och 'Malakas' som jag aldrig begrep.

HANDLÄGGARE

Anna Lena var en av dem och hon var en fena

på skatter. Hon var mycket trevlig och social och missade aldrig frivilligt en fest. Hon var klädd som en banktjänsteman med vit, välstruken blus och plisserad kjol. Gärna med stor säkerhetsnål som var så modernt på den tiden. Arne Lindström var också mycket duktig på skatter liksom Lars Fredin. Båda de två sistnämnda herrarna var väldigt coola och oumbärliga för sina rotlar vad gällde skatter. När det gällde barnavårdsmål så hade notarierna ett företräde som varande jurister. Jag och Arne blev snabbt vänner och jag blev också snabbt bekant med hans förtjusande fru Vivi Anne.

Ingvar Modig var något mitt emellan rådman och handläggare. Han hade nog vissa beslutsfunktioner. En extremt social och trevlig person som inte ville missa en enda fest. Han påminde därmed om Anna Lena och förstås Germund Sandler. Bland rotelbiträden och andra anställda på länsrätten fanns ett gäng duktiga personer: Eva Olsson, Monika Johansson, Yvonne Hedström, Kerstin och Lisbet Eriksson, 'Bettan' Blomkvist och hennes syster Marianne och en del andra. Något senare kom även

Monica Swälas.

Totalt var man kanske 20-30 personer på Länsrätten. Nästan alla var i ungefär samma ålder så när som på några år. Nästan omgående så hade vi fester och det var ofta Germund Sandler som ville ha fester och det var jag och Kristian som var huvudansvariga för festerna.

SOCIAL SAMVARO

Vi var en massa människor som var i nästan samma ålder och det var fantastiskt trevlig tid på Länsrätten. Vi hade massor med fester och firade allt som gick att fira. Vi köpte smörgåstårta på fredagar och jag lärde känna vissa personer på länsrätten väldigt bra. Dit hörde Kristina Forner, Arne Lindström och Monica Swälas. Vi umgås fortfarande. Vi har provat vin ihop i 40 år. En ansenlig tid.

Jag och Kristian Forner är mest tighta med varandra och det händer att vi äter lunch då och då utöver våra vinträffar som tyvärr blivit in-ställda på grund av pandemin. Onödigt tycker jag men vad kan jag göra åt det. Alla måste väl få vara så oroliga som de önskar när det sunda förnuftet flugit all världens väg. Jag är mycket tacksam över tiden på länsrätten och vid tillfälle ska jag skriva ett särskilt kapitel bara om det.

KAPITEL 19

DÅ VAR DET 1980-1982

1980 var det presidentval i USA. Den klene
Jimmy Carter skulle ersättas av B- skådisen
Ronald Reagan som skulle göra USA stort igen
men samtidigt förstöra den amerikanska eko-
nomin genom stora skattelättnader för de redan
rika vilket skapade enorma underskott i bud-
geten. I England regerade järnladyn Margaret
Thatcher som sedermera vägrar hoppa jämfo-
tahopp i Stina Dabrowskis populära reportage-
progam med ett antal kända personer. I Sverige
hade vi den trögtrötte 'tungusen' statsminister
Torbjörn Fälldin. Iran och Irak låg i krig med
varandra och i Afghanistan härjade ryssarna.

ANNA

Det här var mitt i särklass viktigaste år i mitt
liv. Det här året föddes min dotter Anna och jag

hade precis hunnit bli 27 år. Jag hade tre syskon och stor erfarenhet av barn men ingen erfarenhet av EGNA barn. Det var en helt annan sak. Det var ett fantastiskt äventyr och det var oerhört skräckinjagande. Rädslan för att göra fel med den lilla varelse som kom en månad för tidigt och vägde 2 940 gram var ju enorm. Visst hade mina systrar Heidi och Hillevi fått barn 1-2 månader innan Anna dök upp men inte kunde jag ju fråga dem. Jag var ju storebror. Det var ju jag som bytt blöjor på dem. Det blev inte lättare av att jag och mamma Maud drog åt helt olika håll när det gällde barnuppfostran. Hon fick säkerligen sista ordet vad gäller barnuppfostran. Hon hade ju själv inga egna syskon som hon tagit hand om. Bara en storasyster som var två är äldre än 'Maudan' men hon var ju ändå den som kunde bäst. Hon hade ju gubevars läst på. Hon använde också ansiktsmask när hon var förkyld och det gjorde mig spritt språngande. Det är nog en av anledningarna till att jag tycker så gränslös illa om mask nu i Coronatider. Att smitta sitt eget barn som man gav bröstmjölk var ju bara för dumt. Vi hade också helt olika uppfattning om vad vi skulle köpa för mat. Maud ville köpa nyttig mat oavsett pris. Jag var smålänning till naturen och ville komma billigt undan. Jag har aldrig tyckt om att lägga en massa pengar på mat. Inte heller nu tycker jag om det. Inte heller på restaurang. Att köpa 'närproducerad oxfilé' för 700 kronor kilot finns inte på kartan. För mig duger fläskytterfilé för 69 kronor kilot på extrapris.

Jag arbetade på Länsrätten i Gävle och behövde mina timmars sömn men Maud ansåg att jag inte skulle komma undan bara för att jag jobbade så varannan natt skulle jag gå upp och ta hand om Anna och hon varannan. Det var något slags feministiskt rättvisetänkande som jag inte förstod mig på men naturligtvis lydde jag som en hund för att slippa diskutera barnpolicy på nätterna. Jag hade en god vän som hade sådana problem och ville inte hamna i den fällan.

Det var inte lätt att få ekonomin att gå ihop med allt som krävdes – min lön på länsrätten var inte så fet men jag drygade ut den med att jobba med granskning av deklarationer – och när jag och Maud hade så olika syn på vad man skulle köpa och inte köpa. Maud hade världens snälllaste föräldrar Birgit och Sture och de gjorde vad de kunde för att fungera som ekonomiska fendrar och köpa en hel del lite dyrare saker som behövdes som barnvagn, säng och sådana saker. Birgit visste att jag ville att vi skulle vara ekonomiskt självständiga men det brydde hon sig inte så mycket om så hon brukade lägga hundralappar lite här och där i köksskåpen och hoppades att Maud skulle hitta kassatillskottet och inte jag. Så var det dock inte. Ofta var det jag som märkte att 'tuppen hade värpt' som vi sa när jag växte upp.

Efter tre månader var jag helt slut och kände att jag var tvungen att åka på semester till Rhodos på egen hand under en vecka. Det var inte så uppskattat och i december samma år skulle Maud kompensera det genom att åka iväg och åka skidor vid Riksgränsen. Det tråkiga var dock att där kärade hon ner sig en betydligt häftigare kille än jag nämligen en JAS-pilot vid namn Janne som var väsentligt äldre än både mig och Maud. Det gjorde ju inte precis att det blev lättare för Maud och mig att komma sams.

När Anna passerat 6 månader var hon betydligt lättare att ha att göra med. Hon var väldigt social och hon skrek tystare. I början av 1981 så åkte jag med goda vännerna Björn Gillhagen – som var ihop med Mauds syster Ulla – till Idrefjäll och med på turen var också Gunnar Darin. Det var en mycket trevlig vistelse i Björns och Ullas stuga men lite trist att åka pulka hela dagarna med en 7 månaders tjej. Hon sov dåligt på nätterna dessutom i en klädlåda under den trånga våningssäng där jag låg. Vi provade att sova i samma säng men det gick inte. Anna sparkade på mig hela tiden Det gjorde att hon fick ligga i klädlådan och naturligtvis var hon tvungen att röra sig inåt i lådan och vakna och slå huvudet i lådtaket. Mycket enerverande eftersom det skedde cirka 10 gånger per natt.

Det var fantastiskt att vara pappaledig under 8 veckor och de veckorna ägnade jag mig mycket åt att laga mat när Anna sov middag. Varje dag brukade jag bjuda Maud på en trerättersmåltid när hon kom hem från sitt jobb som sjukgymnast. Det brukade gå mellan 1-2 l grädde varje vecka till efterrätterna.

Mina och Mauds ständiga konflikter i kombination med att hennes tankar numera gällde 'Janne' och inte mig gjorde att vi skulle separera i augusti 1981 när Anna nyss fyllt 1 år. Jag var inställd på att flytta men i sista sekunden så ändrade sig Maud så jag blev kvar ända till den 1 december 1981 då jag flyttade in i en etta med sovalkov på Sätrahöjden 31 i höjd med Sodexho. Jag minns att jag betalade 13 000 kr för lyan och det var ett bra pris. I dag skulle den väl kosta några hundratusen.

Jag hoppades hela tiden att det skulle bli bra mellan mig och Maud men eftersom jag inte kunde vara ensam så blev jag ihop med läkaren Lotta Elfner hastigt och delvis olustigt. Möjligen var hon inte helt klar med sina studier när vi träffades. Vi blev mest ihop för att vi skulle åka på bilsemester till Frankrike kring midsommar. Det blev en ganska förfärlig resa på knappt tre veckor och jag saknade Anna – då två år – något enormt och hade stora problem att få telefonkontakt med Maud så att jag kunde prata med Anna.

Ett par veckor efter semester gjorde jag och Lotta slut och sedan gick det väl någon vecka innan vi började om igen. Det dröjde till Kristian Forners 30 årsfest i december 1982 till dess det tog slut på allvar. Då gick vi tillsammans till festen men medan jag diskade stack Lotta i väg med Kristians kompis Björn-Ola och de blev ett par och skaffade två barn. Så kan det gå. Jag grät inte särskilt mycket över det. Tvärtom.

Jag var däremot besviken över att Maud flyttade från Gävle två gånger på kort tid och kom tillbaks efter mycket kort tid igen innan eländet började om med flytt. Det var inte så lättsamt med Janne trots allt men sedermera fick man en fin dotter – Petra – ihop men innan systern till Anna föddes hade Maud flyttat från Janne och hans två barn och kom även tillbaks till Gävle 1984 men systern måste rimligen ha fötts senare. Vill minnas att det var 1988. Hur som helst var det skönt att Maud stabiliserade sig i Gävle och bodde i kollektivhuset på Batterigatan. Där blev hon också vän med Viktor och Gunilla och deras barn Matilda som var ett år yngre än Anna. Det kommer vi till senare. Viktor Törnemo blev sedermera min bäste vän och var det ända till dess han gick bort 1999.

BÖRJAN AV 1980-TALET –ANALYS

Om man håller sig kvar kring de första åren på 80-talet så var äventyret med barn helt fantastiskt men samtidigt så ledde det till de största problemen som jag ställts inför i mitt snart 29 åriga liv, 1982. Jag hann också göra klar min tingsmeritering på Länsrätten och fick den förlängd med två månader på grund av pappaledigheten. Jag fick även ett vikariat som handläggare på Länsrätten innan jag slutade där definitivt under tidiga hösten 1982. Därefter hade jag en massa extraknäck som taxeringsordförande, gjorde personundersökningar, deklarerade på bank i Falun i februari och jobbade som lärarvikarie på olika skolor i Gävle fram till våren 1983. Försörjning var inga problem men det var drygt att inte ha ett riktigt arbete. Jag hade även jobbat lite hos Lotta Elfner genom att tapetsera i hennes lägenhet. Det var under tapetseringsperioden som Ulf Lundell kom med skivan 'Öppna landskap' som jag förstås köpte.

KAPITEL 20

NUTID

NICCI OCH NAT 27 Juli 2020

"Pappa, vet du vad? Jag vill ha en baby och lägga i den här sängen", sa Nat och pekade på en dagsäng för barn. En sån där som vickar och som är så barnriktig och troligen ekologisk. Nat har tagit över sin egen säng och erbjuder den nu till sina cirka 100 dockor och gosedjur. Olika varje dag.

"Jaså, du vill ha en baby", säger pappa Steve. "Från vilken mage ska den komma? Ska den komma från dig eller Nicci eller mamma eller Linn?"

"Vet du pappa. Att den behöver inte komma från magar. Man kan köpa den på Lekia också." Där fick pappa.

"Bra! svarar Steve och försöker vara snäll. Han var tvungen att höja tonläget när Nicci för tusen-

de gången lämnade rester på en tallrik efter att
ha ätit middag och lät det komma ner i slasken
och sedan satte hon inte in tallriken i diskmaski-
nen.

”Gör du det en enda gång till så kommer din
veckopeng att ryka all världens väg. Har du
förstått?” ”Ja, ja”, svarar Nicci trött. Imorgon
kommer det att vara samma visa. Tänkte Steve.
Hon är expert på att glömma föreskrifter.
Dessutom har hon självsvådligt infört en regel
om att föräldrar ska ta hand om hennes tallrikar
på fredagar. Vad hon fått det ifrån förstår inte
Steve.

En annan följetong är duschandet. Nicci skall
alltid duscha minst 15 minuter och det gör att
varmvattnet tar slut eller används helt i onödan.
Han har försökt få Nicci att sluta men det verkar
vara ett alltför stort projekt.

Nat ska snart sova och mamma nattar henne.
Det brukar ta sin rundliga tid. Nu gäller det att
välja rätt gosedjur i sängen och det får inte vara
några hårda dockor. Det har man blivit överens
om märkligt nog.

”Vi ses snart”, säger Steve och Nat svarar: ”Vi

ses snart." Det hör till kvällsproceduren.

Steve flyr in i sitt skrivande som max får ta en halvtimma om det inte ska gå emot allt annat program under kvällen. Nu ska det läsas bok och ett avsnitt av någon serie ska han väl också hinna med innan det är dags för rullgardinen.

Nu gällde det att komma ihåg vad som hände 1983-1984.

BOLLNÄS OCH LITE LÄNSRÄTT

Under lagman Germund Sandlers tid, på Länsrätten, gick det hur bra som helst. Jag presterade kungligt och kunde sätta upp en massa skattemål varje dag, precis som Germund Sandler ville. Om man inte var på 'stryk-Runes' rotel så blev det heller inga ändringar i den uppsatta texten och särskilt inte hos rådman Moerth. År 1982 gick Germund Sandler i pension. Han var saknad av alla vill jag påstå. Mycket engagerad och bra chef men en aning 'charmigt' kolerisk. Bara man höll med honom gick det bra. Då kunde man till och med få en skorpa och citerade man hans kommentar av Kommunalskattelagen i Norstedts gula serien då var ens lycka gjord.

SUNE KJELLSTRÖM- EN HEMSK MÄNNISKA

Ut med Germund och in med Sune Kjellström. En otroligt snobbig och hemsk människa som inte bara var hemsk utan pratade som en 'upper-class' engelsman med lite nasal röst. Nu var det inte 'målavverkning' som gällde utan nu skulle domarna vara 'estetiska' och mycket välskrivna. Snabbt halkade Sune ner i bottenserien, i landet, vad gällde målavverkning men det struntade han i. Han och jag kom inte alls överens. Han slog ner på konstigheter och påstod att det var allvarligt och skulle skrivas om. Han såg till att jag fick dåligt betyg från Länsrätten när jag slutade. Det hade jag aldrig fått om de andra rådmännen fått bestämma men det fick de inte. Sune var ett kräk och en av de värsta personer som kommit i min väg. Jag förlåter honom aldrig. Jag kan vara fruktansvärt långsint. En sida jag delar med Jan Guillou.

BOLLNÄS

Sunes usla betyg fick till följd att jag hade svårt att få jobb och det dröjde ett drygt halvår innan jag fick arbete på Bollnäs kommun som vikarierande kommunsekreterare. Det var en spännande tid. Bollnäs hade under 1983/1984 tre kommunalråd men den som bestämde var Stig Rodin. En före detta förman från en fabrik i Arbrå. En genomsympatisk kille med stor övertalningsförmåga. De två andra kommunalråden höll alltid med honom och det var nog bäst om man ville vara kvar som kommunalråd.

Jag skrev protokoll när kommunstyrelsen sammanträdde och även när några nämnder hade sina möten. Jag förtog mig inte och jag hade mycket tid att bekanta mig med alla tjejer på kommunen. Mest bekant jag med 'Karin' på lantmäterikontoret på kommunen. En mycket parant kvinna.

Jag var ju lös och ledig och var inne i en svår 'sturm och drangperiod' och delade min tid mellan damerna i Gävle och Bollnäs. En ganska behaglig tillvaro kan man tycka men det var inget som passade mig. Jag var van vid att ha fast sällskap och det här vara bara stress. Det var jobbigt att åka mellan Bollnäs och Gävle på vintern men den ljusa tiden gick det bra. Jag övernattade ock-

så på vandrarhem då och då och även i ett vilo-
rum på kommunen men det fick jag egentligen
inte. När jag var i Gävle så tröstade jag Annica
som fått nobben av sin tilltänkte nye partner. Det
gick inte bra och hon blev med skilsmässa på
köpet. Förargligt. Jag tröstade så bra att vi blev
ihop en kortare tid.

När vikariatet var klart så fick jag som bonus
en specialgjord tjänst där jag skulle se över den
kommunala ordningsstadgan. Nu var jag plöts-
ligt populär igen, precis som jag varit under
Germund Sandlers tid som lagman. Inte heller
det var särskilt jobbigt och jag fick bra betalt
och jag fortsatte jobba som taxeringsordförande
och drog väl in cirka 30 000 per säsong. Det
är kanske 100 000 i dagens penningvärde. Jag
granskade en skrälldus – cirka 2000 – med de-
klarationer på folk som bodde i södra Bomhus. I
det området kunde man varenda gata.

ANNA

Anna hade hunnit bli 3 år 1983 och vi ägnade
en vecka av sommaren åt att åka runt i Öster-
götland och kika på allt möjligt intressant för en

treåring. Bland annat huset där Heidenstam bott
i slutet av 1800-talet. Mycket uppskattat. Vi bod-
de också i tält som jag tyckte illa om då och även
nu men det var billigt. Anna och jag åkte även
på turné till hennes kusiner och hon hade hunnit
få ytterligare en kusin 1982. Robert, Hillevis och
Sörens son.

'Maudan' och jag hade ett sexveckorsschema.
Var tredje umgänge i Gävle, vart tredje i Ny-
köping och vart tredje i Stockholm. Jag la en
förmögenhet på alla dessa resor och även på un-
derhållsbidrag. Maud tyckte om att jobba 80% så
hon bidrog inte så mycket till underhållet. I vart
fall var det något jag inbillade mig då. Det var
hur som helst värt varenda krona att få umgås
så regelbundet med Anna och 1984 var Maud
plötsligt tillbaks i Gävle och slog sig ner i kollek-
tivhuset på Batterigatan som jag tidigare berättat
om. När hon var i Gävle så gjorde det att vi kun-
de umgås mycket med Matilda och hennes pappa
Viktor Törnemo – min bästa vän.

Under tiden i Bollnäs gick jag med i Bollnäs
Arbrås manskör 1983. Mycket trevligt. Vi hade
en väldigt duktig körledare.

STOCKHOLM

Under 1984 tog mitt vikariat slut och jag
flyttade till Stockholm där jag fått jobb som
taxeringsintendent i Skatteskrapan på Medbor-
garplatsen. Jag jobbade på 23:e våningen och såg
det som en sport att springa upp för trapporna
efter lunchen. På den tiden var jag vältränad.
Och inte felgödd och ganska otränad som nu.
Min tid i Stockholm blev kort men minnesvärd.
Jag fick bo hos Gunnel Sigstam.

Jag var bara där i två månader men vi hade det
väldigt trevligt. Brukade dricka vin tillsammans
och när Gunnel blev lite sömning så spelade jag
piano för henne för att hon skulle hålla sig va-
ken.

KAPITEL 21
TILLBAKA I GÄVLE 1984

SANDGRENS ADVOKATBYRÅ

På våren 1984 fick jag jobb på den största advokatbyrån i Gävle. Sandgrens advokatbyrå med Theodor Sandgren i spetsen. Detta var närmast en bragd. Det var extremt svårt att få jobb på advokatkontor och särskilt att få det i samma stad som jag bodde i. Osannolikt flyt. Odd Kjölsrud var på samma byrå liksom Mats Andersson. På kontoret i Sandviken-där jag var minst en dag i veckan-huserade advokat Eva Nordenskiöld och en väldigt sympatisk sekreterare som jag blev mycket bekant med.

THEODOR SANDGREN

Theodor Sandgren är en av de bästa människor jag träffat alla kategorier. Han var superkonservativ och jag var ganska radikal – dock aldrig kommunist som sonen brukar beskylla mig för

– och han var genomsnäll och hjälpsam men en usel chaufför. Han hade svårt för att köra i en cirkel upp till sin garageplats på Staketgatan, med sin Volvo 240, och det gjorde att hela högra sidan av bilen var betongfärgad eftersom han kört emot väggen så många gånger.

Så snart jag började på Sandgrens advokatbyrå så berättade han att han hade en tvårumslägenhet vid St Eriksplan i Stockholm – egentligen var det hustrun Anna som stod för kontraktet – som jag gärna fick låna.

”Om du stannar en natt så betalar du med en halv flaska whisky, MEN om du stannar två nätter eller fler, så köper du en helflaska och lägger den långt inne i kylskåpet.”

Han var rädd att hustrun skulle upptäcka flaskorna om de inte lades långt in i kylskåpet.

Anna tyckte att han drack lite för mycket mellan varven, vilket jag tror var överdrivet. Han drack i alla fall mindre än vad jag gjorde när jag var lös och ledig.

NUTID
28 juli 2020

Juli är snart slut. Molnigt under större delen av dagen men fint i morse. Ett osannolikt regnande på kvällen. Hade tänkt åka go- kart på eftermiddagen men det gick inte för Rörberg stängde redan klockan 17.00. Vill göra en utflykt med tjejerna men femårige Peer ändrade mina planer. Tjejerna hade fullt upp med honom så jag blev arbetslös som far. Jag klippte gräs och plockade vinbär i stället. Var för trött för att skriva i vettig tid så det blev en dåraktig tid och bara en kvarts skrivande. Mer hinner jag inte med denna dag.

1984 -1986

SLALOM

Skidåkning hade varit mitt stora intresse från 1975 och framåt. 'Maudan' hade jag för övrig träffat i Val DÍsere i Frankrike 1977. Jag la ner massor med tid och pengar på skidåkning under åren 1975-1985. Det var naturligt att Anna fick lära sig åka skidor när hon var 3. Hon skulle ju flänga runt med sin far under vinterhalvåret och jag vägrade fortsätta åka pulka.

Ofta hade jag åkt skidor med Björn Gillhagen

och Gunnar Darin. Det här året hade vi kommit lite ifrån varandra så det blev ingen skidåkning till Alperna med dessa grabbar. Jag åkte dit själv och hamnade på en plats nära de tre dalarna. Hade en liten kärleksaffär med en dam från Göteborg men det var inget som tog sig. Däremot så åkte jag till Rhodos i september 1984 och sista kvällen på ett danshak träffade jag Kersti Holmqvist. Vi skildes och vi gav inte ens varandra telefonnummer men hon visste vad jag hette och tog reda på min adress och bjöd in mig till ett möte i Göteborg i oktober 1984. Tycke uppstod och vi inledde en distansrelation. Vi träffades nästan varje helg och nu gick det undan till Sävedalen där hon bodde strax utanför Göteborg. Personbästa låg kring 5 timmar för 53 mil. Kersti var en oerhört snäll tjej och hade väldigt fina ungar som gillade mig från start – Kalle och Anna. Kersti var en radikal tjej men gjorde inte mycket väsen av sin politiska inställning. Troligen var hon ganska radikal eftersom hon varit ihop med en kille som tillhörde KFML R och varit kompis med Frank Baude som var ett stort namn i Göteborg på den tiden.

Kersti och jag gjorde en fantastiskt trevlig resa till Frankrike och Spanien 1985. Vi var ute i 17 dagar och hann se en hel del. Ibland bodde vi i tält och ibland på enklare hotell. När vi var i 'Haut Medoc' – utanför Bordeaux – besökte vi fyra av de främsta röda vinslotten och även Chateau D Ýquemes. Att köpa en flaska vin på Chateau La Tour – ett av slotten vi besökte – kostade 600 kronor på den tiden. En väldig massa pengar för en flaska som skulle sparas i ett tiotal år för att bli drickbar.

Vi tog oss även ner till Andorra och sedan till Barcelona innan vi vände och begav oss hemåt. I Lyon fick vi inbrott i bilen. Man slog sönder en ruta i min fina Saab och snodde en kamera. Vi lyckades få rutan plastad och fortsatte mot Chamonix där vi ännu en gång fick inbrott i bilen men de stal inget viktigt.

Kersti och jag hade en väldigt fin tid tillsammans under 1,5 år men sedan kom distraktioner som ändrade våra planer. Dessutom var det ingen som ville flytta och det gjorde det svårt med distansrelationen.

KÖRLIV

När jag kom 'hem' till Gävle efter förskingring i Bollnäs och Stockholm så hade jag fått smak för körliv och jag började i 'Forumkören' som var en manskör med en mindre lyckad, självlärd, körledare men bra stämning. En kille i kören som hette Janne tyckte jag skulle börja i Mariakören under Gudrun Raccuja. Jag följde med och ansåg direkt att det var en väldigt trevlig kör med en oerhört proffsig körledare. Det fanns inte många män i kören. Det fanns en gubbe som var närmare 80 som alltid var ilsk och tyckte att jag var borta alldeles för mycket. Det stämde eftersom jag var borta nästan varje helg. Å andra sidan kunde han inte sjunga så frågan var hur viktigt det var att han själv var med på uppsjungningarna.

I kören fanns två spännande damer vid namn Karin Wendleman och Gunilla Nordvall. Gunilla och Karin satt och flinade nästan hela tiden under övningarna och kom med en massa kodord: "ja du Boris", etc. Karin hade en hoppande rygg precis som min farfar. Det var fascinerande att sitta och titta på den där ryggen samtidigt som man sjöng. Karin hade väldigt snygga tröjor som hon köpte av en kusin. Dem tyckte jag om. Hon hade getingmidja och var mycket lik Lill Babs men själv verkade hon inte fatta hur snygg hon var. Gunilla var lite rultig och hade plisserade kjolar och stärkta blusar. Såg ut som om hon jobbade i bank. Inte min stil precis, rent utseendemässigt men det spelade ju ingen som helst roll. Hon var hur trevlig som helst och hon och maken Mats umgicks jag och Karin mycket med efter det att vi blivit ett par.

För att bli lite bekant med Karin så erbjöd jag henne i ett ganska tidigt skede billig skilsmässa. Det tyckte Karin var en kul grej. Jag visste inte då hur trassligt hon hade det i äktenskapet med Tord. Vi höll oss lugna och fina fram till en avskedsfest för Gudrun i december 1985. Då hettade det till ordenligt och sedan fortsatte det så till dess att Karin var skild och jag inte längre var ihop med Kersti. Det var lite knöligt att få till vår relation men vi lyckades och jag ställde snabbt två krav: 1. Sluta röka och 2. Gör vad du kan för att bli med barn – trots att Karin fyllde 40 1986 – för jag var helt inställd på att nästa relation måste innefatta barn. Hon ställde upp på båda kraven och i slutet av 1988 blev hon gravid.

SKÅLLAD RÅTTA 1985

I 20-årsåldern var jag 'utkorad' – jag hade ju läst nobelpristagare Patrik Whites 'De fyra utkorade' och var övertygad att jag själv var utkorad och oövervinnlig med självkänsla nära gubben i månen. När jag fyllt 30 så var det bara att kämpa som en dåre som gällde. Kämpa för att ha råd med barn, kämpa för att ha en bra bil, för att åka skidor etc. Allt kostade. Man kunde aldrig tjäna ihop tillräckligt på ett jobb så jag körde den spanska modellen med minst tre intäktskällor och helst fler. Jag fortsatta vara taxeringsordförande 1984-1985 och jag fortsatte deklarera på bank i Falun dessa år. Sedan var jag god man och förvaltare åt minst ett halvdussin personer. Utöver det gjorde jag personundersökningar i brottmål som gav mig fina pengar. Så här i efterhand begriper jag inte hur jag orkade. Jag fick det att snurra bra men jag 'brände' också en väldig massa pengar.

Efter att ha jobbat ett halvår på Sandgrens

advokatbyrå så kunde jag också håva in en extra månadslön då och då i ren provisions lön. Kanske var det då jag brände mitt levnads ljus i båda ändar och fick sömnproblem som jag alltid haft sedan dess. Något straff ska man väl ha när man är självförbrännande och i ständig hybris?

År 1985 tog sagan Sandgrens advokatbyrå slut, trodde jag, eftersom advokaten Mats Andersson blev tillsammans med en av sekreterarna – Åsa – och bröt sig ut från byrån som splittrades. Jag hamnade tillsammans med Theodor Sandgren, Jost Gagge och Odd Kjölsrud i Länsförsäkringars hus vid ån. Det blev inte heller några resor till Sandviken. Eva Nordenskiöld startade eget. Nu fick jag i stället möta henne i rätten som motpart och värre motpart än henne kunde man inte ha. Hon var giftig så det räckte och kunnig och påläst.

Hur som helst så fortsatte äventyret på advokatbyrå och jag blev mer och mer bekant med 'psykiskt instabila' som var intagna på Gävle sjukhus – kanske för att de hade så mycket gemensamt med hur jag kände mig – och jag företrädde dem när det blev tal om tvångsvård och annat man kunde drabbas av där. Anledningen till att jag kom i kontakt med denna grupp var att vissa av de jag var god man och förvaltare åt hade psykiska problem av allvarligare slag. Det kändes också väldigt meningsfullt att hjälpa denna mycket utsatta grupp. Det passade mig som hand i handske att hjälpa de som av olika anledningar kommit på kant med samhället och sin omgivning. Detta att hjälpa har sedan varit en ledstjärna under hela mitt yrkesverksamma liv som advokat.

ALLMÄNT

Under 1980-talet var det Margaret Thatcher som styrde i Storbritannien och Reagan i USA. Mitterand var president i Frankrike. År 1985 blev reformvännen Gorbatjov ledare i Sovjetunionen och förbindelserna mellan USA och Sovjet var hyggliga i väntan på att Berlinmuren skulle falla några år senare.

Den 28 februari 1986 blev Statsminister Olof Palme skjuten. Han var statsminister från 1969-1976 och sedan från 1982-1986. Jag minns sorgemusiken som spelades på radion den 29 februari 1986. Jag minns också att jag var med Anna till badhuset och att jag träffade Viktor och Matilda där. Tror att även Björn Gillhagen var på plats. Då låg badhuset i det som sedan bildade tomt för vårt konserthus. Trots det hemska fick livet gå vidare. Det fanns ju inget accepterbart alternativ. Utsattheten var enorm. En statsminister som blev skjuten i Sverige. Det trodde jag inte fanns på kartan.

ARBETE

Den splittrade byrån fortsatte att heta Sandgrens advokatbyrå efter 1985 och jag var tacksam för att jag fick fortsätta min kamp för att bli advokat. Jag var tvungen att arbeta tre år på advokatbyrå, efter dryga två år på domstol, innan jag kunde antas som advokat. Det var också så att jag skulle upptas i denna famösa skara och inte ogillas starkt av någon kollega eller någon domstol för då skulle jag inte bli invald.
Från 1985 hade jag en mycket svårare sits än innan. Då kunde jag hjälpa alla advokater och jag kunde få egna uppdrag från en del av dem

eller jobba i deras ärenden. Nu var det slut på det. I praktiken fick jag inga uppdrag från Jost Gagge eftersom han var vattenrättsexpert och jag fick få uppdrag från Theodor Sandgren men han gjorde allt för att jag skulle vara sysselsatt. Odd ordnade en del uppdrag åt mig och han gjorde också så att jag fick jobba i hans ärenden och på det sättet kunde förtjäna mitt levebröd.

Odd och jag var väldigt tighta och ett par gånger fick jag också vara med och flyga ett enmotorigt flygplan till Skellefteå och även till Gotland. Det var mycket spännande. Planet var väldigt trångt och rangligt och kändes lika säkert som en folka med svansmotor. Planet var också ungefär lika stort som en folka. Hur som helst så överlevde jag och jag kunde kompensera min bristande löneinkomst från Sandgrens advokat-byrå genom att göra extra många personunder-sökningar. Det fick också kompensera för att jag inte längre kunde få uppdrag som taxeringsord-förande. Ett bortfall på 30 000 kr.

KAPITEL 22

ANNA

Nu när det stabiliserats mellan mig och Karin 1986 så stördes friden av att Maud kände att hon var tvungen att flytta till Nyköping igen. Hon skulle flytta ihop med Janne och i ett brev fick jag reda på att Janne betydde mer för Anna än jag. 'Maudan' hade väl fått någon 'Lidnersk knäpp' men visst blev det besvärligt att återvända till det här med sexveckorsschema och umgänge i Gävle, Nyköping och Stockholm

Jag och Anna tog återigen upp det här med att resa runt till olika folk och stjäla en bädd här och där. Det blev ganska mycket resande till mina föräldrar i Bälteberga utanför Tidaholm och även till mina systrar Heidi och Hillevi. Anna trivdes väldigt bra med sina jämnåriga och nästan jämnåriga kusiner och tyckte dessa resor var trevliga. När vi hade Stockholmshelg så våldgästade vi gode vännen Johan Stål i

Norrtälje ganska ofta och fick man inte bo där så blev det ofta vandrarhem. Jag och Anna gjorde en massa saker ihop. Man får en väldig fantasi när man tvingas vara på resande fot. Någon gång övernattade vi även hos Gunnel men det kändes inte så bra för Anna så det slutade vi med.

SEMESTER

Med Karin blev det väldigt försiktig semester i början. Vi startade med att åka till Öland och bo i tvåmanstält. Anna var också med och hon och Karin kom väl överens i början. Vi tog också en tur till Åland och då var Daniel med. Anna var lite blyg för Daniel som var betydligt äldre – 6 år – än Anna.

Jag och Karin åkte skidor tillsammans. Hon var inte så duktig men hon tog sig ner. Vi åkte bland annat till backarna i Järvsö några gånger. Någon Alpresa blev det inte 1986 och inte heller 1987. Karin var tredje partnern som åkte skidor. Kersti Holmqvist hade inte gjorde det men däremot Karin Sigstam och Ann Catrin Eklind.

SKOTTLAND

Sommaren 1987 åkte Karin och jag till Skott-
land och på vägen över till Newcastle från
Göteborg blev vi bekant med ett par som hängde
med oss några dagar på vår Skottlandssemester.
Vi skildes åt i Inverness men hade då inte träffat
på stora sjöodjuret i Loch Ness.

Vi kom till välkända 'Tomintoul' – varifrån
man ofta utgick när man skulle till olika whisky-
fabriker – där en gubbe med löständer fick nöjet
att säga 'no sausages' till frukost fyra gång-
er. Berusning och glappande tänder är en kul
kombination. Han påminde en del om grannen
Herbert från tiden i Äspäng. Dagen efter så
åkte vi whiskyvägen och besökte bland annat
Glenfiddish fina fabrik och den något mindre
fina Glenlivetfabriken. Det här var verkligen
givande. Så givande att vi gjorde om denna tur
med Gunilla och Martin år 2000. Resan gick på
det hela bra och vi rundade Norra Skottland och
kom sedermera till norra Wales innan vi begav
oss hemåt.

WALES 1988

Året efter så skulle jag och Karin semestra i Frankrike men någon konstig regel om visum gjorde att vi fick ändra våra planer och i stället ta en färja över till England för att nu besöka alla intressanta platser i södra Wales. En väldigt fin resa och det var lätt att hitta boende på 'Bed and Breakfast' till en hygglig peng.

Vi såg väldigt mycket och samsades ganska bra. Å andra sidan så hade vi en del meningsskiljaktigheter. Jag var jurist och sådant folk är väldigt svårt att umgås med och ännu värre att vara med. Karin var från Dalarna och det kan ju vara si och så att komma överens med sådant fölk? Kombinationen var ganska hemsk men vi löste upp den relationsmässiga Gordiska knuten utan Alexanderhugg.

ADVOKAT

Jag blev advokat 1987. Ingen hade lyckats sätta käppar i hjulet för mig. Jag var stolt som en kyrktupp. Det var stort att vara advokat men jag fortsatte vara anställd av Theodor Sandgren. Ända till året efter då jag blev min egen och flyttade till advokaten Anita Jabin där jag kamperade i fem år men det kommer senare.

Nu var jag advokat och kände att jag hade en alldeles för stor kostym. Hur skulle jag lyckas växa in i den nya rollen? Det kunde jag inte. Det tog säkert minst 10 år innan jag kände mig någorlunda bekväm i advokatrollen och Karin var aldrig bekväm med att jag var advokat. Hon insåg förstås hur enormt svårt det var att få till det med ekonomin när man är advokat och sin egen. Själv hade hon ju sin trygga men relativt låga lön från Lantmäteriverket.

Jag var tvungen att bevisa för henne att det gick att överleva som advokat och det skulle jag bevisa 1991.

IN KOMMER GÖSTA (OCH JENNY)

Karins föräldrar fick jag träffa någon gång runt jul 1986. Då bjöd Gösta på Julbord på en restaurang mellan Falun och Rättvik. Kanske Bjursås. Gösta var en okomplicerad själ och mycket social. Han var lätt att prata med men det var ännu lättare att prata med mamma Jenny.

Hon var väldigt roligt och lite fräck av sig och

kom med dråpliga repliker. När vi pratade om
tonfisk så visste hon inte vad det var och undrade om 'dä va en sån där säl?'

Syster Kerstin var också mycket social. Hon
var 7 år äldre än Karin och född 1939. Kerstin
hade två barn: Helena och Jonas. Helena var läkare och Jonas arbetade på en fabrik i Fagersta.
Båda var lätta att umgås med. Helena var min
favorit. Hon var också mycket musikalisk och
spelade piano och fiol. Jularna var extra trevliga.
Då blev det extra mycket musik när vi samlades
hos Kerstin och hennes sambo Curth.

Karin hade också mostrar som var väldigt
roliga och jag och mostrarna kom överens direkt.
Ett härligt gäng. En ny familj. Lite 'familjen
Sigstamkänsla' men med mycket äldre och tokigare spelare. Ingen av mostrarna till Karin var
riktigt friska. Gösta och Jenny besökte vi ofta
och ännu oftare blev det när sonen Alex damp
ner 1989.

STEVE

1 augusti 2020

Steve hade sovit ganska bra. Det var lördagmorgon och på pappret var det 'sovmorgon' men inte i praktiken. Lillhjärtat Nat vaknade kl 8.00 och ville höra en saga. Den skulle handla om grisen 'Piggy' och hans familj. 'Piggy' var favoritfigur för Nat och så även för Nicci ända sedan Nicci var si så där 3 år. Hon tyckte fortfarande om honom.

"Pappa jag vill bygga lego", sa Nat och hämtade ett vikbart jättehus med diverse tillbehör som så när fick plats i sängen. Det var hennes lego. Hon hade förstås byggbitar också men det var i så fall duplo och de skulle inte användas nu.

"Pappa jag vill åka på stan och köpa den där kaninen", sa Nat vädjande med sina stora och troskyldiga ögon.

"Jag vet inte vad du pratar om för kanin men vi köpte ju en hund som kunde gå och vifta på svansen på Erikshjälpen i torsdags så vi kan ju inte köpa en ny leksak igen", försökte Steve.

"Snälla pappa! Jag måste ha den där söta ka-
ninen." Det var ingen idé att ta strid nu utan
försöka knuffa på det.

KAPITEL 23

ARBETE 1987-1990

Det här var hektiska år. Jag blev alltså advokat i början av juni 1987 och just då när Karin gjort en av sina sällsynta resor med barn. I fortsättningen blev det nog bara resor med mig och barn men just den här veckan när jag fick tecken på min värdighet så var hon på Mallorca med sonen. Det kändes ganska trist att inte kunna fira med någon så jag gick upp till en god vän vid namn Gun och hon bjöd på te. En liten tröst i nöden.

I och med att jag blev advokat så skulle jag också försöka att försörja mig själv. Det gick inte så bra så jag var kvar ett år hos Theodor Sandgren. Nu började det verkligen bränna till. Det var nu som jag insåg vad det var att vara sin egen och försörja sig själv och inte vara anställd och inte ha några förmåner annat än att 'styra över sin egen tid' men det stämde ju inte heller.

Inte styr man över sin egen tid när man är sin
egen. Man bara arbetar, arbetar och arbetar
igen och är i ett ständigt bakvatten på grund av
usla betalningsvillkor. Man är en slav och en
masochist.

Att vara hos advokat var ju att få tjänster
utförda på kredit om det inte gällde någon
enstaka timmes konsultation. Man hade
rättsskydd och då fick man vänta länge på
80% av det arvode man skulle ha och man fick
vänta ännu längre om det var staten som skulle
betala genom någon domstol. Staten verkligen
hatade att betala till advokater annat än när
ett uppdrag var slut. Att få förskott var och är
närmast ogörligt. Däremot vill staten förstås
ha betalt varje månad punktligt och betalade
man inte skatt och moms i tid så blev det
dryga avgifter och i värsta fall gick kravet till
Kronofogden. Staten var och förblir skitstövlar.
En organisation med stenhjärta som gör att
advokater dör i förtid, inte kan ta ut semester
och får ett miserabelt liv.

När jag blev min egen 1988 så skulle man

göra en preliminärdeklaration och tala om hur
mycket man skulle tjäna. Av rädsla för att det
skulle bli för mycket preliminärskatt gjorde jag
en försiktig syn på kommande inkomster. Det
gjorde att det första året var lättsamt men det
kom surt efter när det visade sig att jag tjänat
betydligt mer än jag trodde.

År 1989 fick jag mitt första migrationsärende
genom utlänningspolisen Karin Fagerlund. Hon
hade en indier som behövde offentligt biträde
och undrade om jag ville bli hans advokat.
Visst ville jag det. Det kom också in några
andra utlänningsärenden under 1989 och under
1990 fick jag en förfrågan om i fall jag var lite,
ganska mycket eller mycket intresserad av att få
utlänningsärenden. Jag skrev att jag var mycket
intresserad och inom kort hade jag fått ett
halvdussin förordnanden och sedan ytterligare
ett halvdussin och så där höll det på och blev
ännu mycket mer under 1991 när det kom många
Kosovoalbaner till Sverige. På den tiden betalade
också MV snabbt och bra och man kunde
skicka in kostnadsräkning efter att man varit på

utredning. Livet lekte igen och hybrisen kom som ett brev på posten.

Några veckor senare så satt pengarna på kontot. En drömsits och jag fördubblade min omsättning hur snabbt som helst. Nu behövde jag inte hålla på med de dåligt betalda uppdragen som försvarare i mål om sluten psykiatrisk vård och annat som hade att göra med människors hälsa. Jag fortsatte dock att vara god man och förvaltare för att dryga ut mina inkomster. Jag var även kontaktperson de första åren efter att jag blivit advokat

RELATION

Jag och Karin hade en bra relation och det ledde också fram till att hon blev gravid i slutet av 1988. Innan dess hade vi flyttat tillsammans på Rävpasset 25 F. Ett radhus i tre etage. Ett bra boende för en hygglig peng. Daniel hade blivit 15 och han fick bo i källaren. Daniel gjorde inte så mycket väsen av sig. Han höll till i källarplanet och när han inte var där så höll han på med Hockyträning. Pappa Tord eller någon av hans tränare kom och hämtade Daniel flera gånger i veckan. Ibland kom det hem kompisar till Daniel och man spelade lite väl hög musik men det var mer sällan som jag behövde irriteras av det. Jag irriterade mig mer på att Daniel var så dålig på att plocka bort efter sig i köket när han ätit. När jag försökte påtala det var Karin snabbt framme och sa: "Det ska jag göra sen". Ingen ide att försöka fostra där inte. Äldsta barnet Cecilia bodde hemma en kortare tid innan hon gick på utbildning i Härnösand och henne var det överhuvudtaget ingen idé att jag skulle fostra. Hon var en mycket bestämd dam. Inte vill hon att någon plastpappa skulle lägga sig i vad hon gjorde även om jag hade lika stor ägarandel i radhuset som Karin.

När Anna kom på besök så hade hon inte så mycket behållning av de större barnen. Hon var nog fortsatt lite rädd för dem. Nu hade hon flyttat tillbaks till Nyköping med 'Maudan' och det ledde ju till att det blev problem med resor igen. Det hade varit lugnt och skönt 1984-1986 men nu var det tillbaks på ruta 0. Jobbigast var det för Anna med alla resor men tack och lov så stod hon ut.

ALEXANDER ANLÄNDER

Den 5 augusti 1989 var det dags för Alexander att dyka upp/komma ut och han hade inte bråttom. Jag och Karin var där på morgonen och knackade på förlossningsavdelningen men fick vända snabbt och återkomma. Det gjorde vi på kvällen och då gick det fort. Någon timma efter att vi kommit in så var det dags att börja krysta och efter en väldigt kort stund var han ute. Välskapt och ståtlig. Inte lika mycket hår som syster Anna men tyngre. Vill minnas att han vägde ca 4 kg. Anna hade bara vägt 2,9 kg.

Såsom väntat så blev det ju en del konfrontationer mellan mig och Karin och barnhanteringen men det mesta gick bra. Jag hade lovat redan innan att jag skulle se till att hålla sonen sysselsatt och det jag gjorde jag. Jag hade hand om utomhusbiten och Karin om inre tjänst. Laga mat blev det mer eller mindre slagsmål om. Båda tyckte om att laga mat men det var jag som bakade bröd. Städning var ungefär lika mycket men Karin tvättade. Å andra sidan var det jag som strök kläder och jag strök även Karins blusar. I vart fall i början men så blev hon missnöjd vid tillfälle och då fick det vara. Att göra tjänster och få skäll var inte min grej. Inte ens när det gällde min sambo.

Alex sov emellan oss så det var inte så mycket bråk om vem som skulle gå upp på nätterna. Det gav sig självt. En stor förbättring jämfört med när Anna var liten.

SEMESTER

Samma år som Alex kom så orkade vi bara göra en tur till norra Tyskland med Karin som blev rejält tung under graviditeten. Året därpå så åkte vi till Portugal och lät oss bjudas runt för att titta på andelslägenheter. Vi blev väldigt intresserade av ett otroligt fint andelsboende i 'Palm Garden' inte så långt från Algarve. Jag föll som en fura och jag hade bra snurr på verksamheten så jag vågade mig på denna investering att få 2 veckor/år under 99 år. Det fanns även möjlighet att hyra ut.

Insatsen var på 150 000 kronor och man skulle betala 20% kontant. Man fick även möjlighet att gå med i bytesprojekt så att man kunde byta sin vecka i andelsboende mot annat boende runt om i hela världen. Allt såg bra ut, vi slog till och i slutet av april följande år skulle vi få vår första efterlängtade vecka.

ANNA 1990

Jag och Anna åkte till London 1990 och vi skulle ha sett 'Pretty woman' med Julia Roberts och Richard Gere vid Leicester Square om det inte varit för att föreställningen var barnförbjuden. Vi hade en väldigt trevlig och behövlig vecka tillsammans. Vi gjorde en massa saker och gick även på musikal. Minns att jag fotade Anna tillsammans med lejonen vid lord Nelsonstatyn. Så snart jag tagit fina bilder på Anna gick jag på snabbframkallning för att se resultatet. Det blev ofta bra.

NUTID
BÖRJAN AV AUGUSTI 2020

Steve har haft en fantastisk dag med sina underbara tjejer. Det är svårt att förstå att barnens mor inte är med men hon var ju med hela förra helgen. Man gillar olika. Så är det. Steve tyckte det var kul att titta på nya leksaksbutiken i Gal-

lerian, han uppskattade att storasyster fick åka
Go -kart och tyckte det var kul och han tyckte
det var synd att Dakke inte var i Torsåker och att
det inte gick att prata med Shiyar Ali. Inte hel-
ler blev det besök hos Maria Cat med ny adress
och slutligen så sa husse till 'vita hunden' nej
för tredje gången. Det börjar bli tjatigt. Snart är
gränsen nådd för att få till logistiken. Initiativet
fick komma från andra sidan med en ren inbju-
dan.

När man kom hem och Steve vilat en stund blev
det 'Angry Bird' och 'Babybossen' för hela slan-
ten tillsammans med 'småbrudarna' och hustrun.
Inte tillstymmelse till vuxenprogram. Inte ens
några nyheter.

1991-1994

HISTORISK ÅTERBLICK

Det hade hänt en massa 1989. USA hade fått
ny president, Berlinmuren hade fallit och Ingvar
Karlsson var statsminister i Sverige.

Nu fick familjen för första gången åka ner till
underbara Portugal och bo i den helt fantastiska
andelslägenheten som till och med hade en sol-

veranda högst upp. Dessutom utsikt över havet
och fin matplats på grundnivån där man kunde
sitta i gräset och äta frukost. Steve var väldigt
imponerad av lägenheten under en kort tid. Det
visade sig dock att avgiften för att ha lägenhe-
ten snabbt ökade med 100 % och det gick inte
att hyra ut veckor för ca 7 000 kronor per vecka
som man lovat när han köpte lägenheten. Dä-
remot fanns bytesmöjligheten kvar och den ut-
nyttjades redan 1991 när familjen bilade ner till
Italien och bodde en vecka vid Lago Di Garda
en mil från Bolzano.

ARBETE OCH HYBRIS

1991 hade jag varit min egen i 3 års tid. Det hade
gått över förväntan och jag funderade på om
jag skulle bilda AB. Jag konsulterade Thomas
Öberg som då var på Öhrlings revisionsbyrå.
Vi hade också jobbat ihop en tid i Länsrätten.
Öberg rådde mig att bilda AB. Det var mer för-
troendeingivande och bra med resultatutjämning
och annat ekonomiskt godis. Jag trodde på ho-
nom men kom snart på att det var ett elände med
AB att man inte kunde låna av sig själv och att

den lön man tog ut skulle skattas av månaden därpå. Det var okej om man hade bra inkomster men inte annars.

Under 1992 hade jag ändå bra inkomster och året innan hade jag drabbats av svår hybris. Jag anställde då Lena B Larsson som började hyra av Anita Jabin 1988 samtidigt med mig. Det fungerade en tid men efter cirka ett år så ville Lena B Larsson vara sin egen igen och lika bra var det. Att ha anställda är ingen 'hit' även om det kan vara en avlastning och göra det lite lätt-are att ta semester.

NY BIL OCH NY BOSTAD

1991 var även speciellt på ett annat sätt. Då köpte jag en Mitsubishi Sigma 3 0 CS med stora ekonomiska ansträngningar. Bilen kostade 225 000 – det var mycket på den här tiden – och jag fick 90 000 för den Mitsubishi Galant som jag köpt av min vän Johan Stål året innan. Jag var mäkta stolt över detta lyxåk som bara såldes i 300 ex i Sverige det året. Bilen var vinröd och hade en massa utrustning och var snabb.

När jag ändå var i farten så tittade jag på hus

och fastnade för ett väldigt fint hus på Bränne-
rigatan 10 och i korsningen med Färgerigatan i
Strömsbro. Huset hade en gammal del från 1800
talet och en nyare del från 1900 talet och ett stort
fint dubbelgarage.

Huset kostade 1,1 miljoner och det var mycket
på den tiden när den lägsta räntan för de lån som
vi övertog låg på 9% och de högsta på 13%
Vi hamnade på en månadskostnad för ränta på
minst 10 000 utöver el och allt annat och en viss
amortering. Huset var i grunden alldeles för dyrt
men jag hade bra fart på mitt jobb och Karin
jobbade heltid och dessutom så hade huset en
uthyrningsdel som hyrdes av Karins son Daniel.
Jag vågade slå till och Karin accepterade. Hon
förfasade sig ofta över mina inköp men gick
med på dem i slutändan. Vi sålde Rävpasset
med bra vinst och kunde knuffa in överskottet
i nya huset som också hade en väldigt fin tomt
med häck som gjorde att det var insynsskyddad.
Fastigheten omgavs av goda grannar och vissa
hjälpte även till med praktiska saker när det be-
hövdes som Jan Wedin. En av de stora kämparna
i asylkommittén Torgil – han dog för ett par år

sedan – bodde snett över gatan.

Han som var chef för Gefle Dagblad – tidnings-
koncernen – var också närmsta granne men han
ville inte ha någon social kontakt. Viss kontakt
hade vi emellertid med hans hustru.

KAPITEL 24

LÄNDERKOMMITTEN

I början av 90 talet kom jag i kontakt med Lena
och Poul Sanver som var mycket engagerade i
asylsökande som kom från Kosovo och särskilt
under 1991. Under 1992 kom det massor med
asylsökande från Bosnien och man bildade Län-
derkommittén (LK) för f d Jugoslavien. Michael
Williams var ordförande i början och Lena var
sekreterare. Poul var utredare och formellt var
han troligen också revisor. Jag rycktes med av
dessas fullblodsentusiaster och genom dem fick
jag en massa uppdrag och det blev även en del
resor till Utlänningsnämnden och UD för att dis-
kutera policyfrågor. LK blev en maktfaktor och
blev uppskattat av flera politiska partier och man
fick rejäla bidrag, inte minst från kyrkan. LK
hade ett stiligt kontor i Borås där Lena och Poul
bodde. Hyran var rejält subventionerad. Vi fick

ju sedermera också kontor i Serbien i Cacak som jag kommer till längre fram.

Nackdelen med alla migrationsärenden som jag fick på den här tiden var att det blev ganska många ärenden som tog tid som var ideella men som uppmärksammades rejält i tidningarna. Det var nu som jag blev lite av en Kalle Anka i media med en massa kända fall och också en kritisk röst bland advokater som inte var så vanligt på den här tiden. Det gjorde också att det inte kom in lika många ärenden från Migrationsverket och det gjorde att den ekonomiska situationen blev sämre allt eftersom tiden gick samtidigt som arbetet blev mycket mer stimulerande.

Jag var även med en paraplyorganisation som drevs av Michael Williams och Anita Dorazio (FARR) som även det gav en massa flyktingärenden. Jag var också med på en resa till Libanon 1992 som Michael Williams anordnat.

Jag fick smak för dessa 'utredningsresor', där man på några få dagar skulle ha hur många kontakter som helst med intressanta personer, och det blev fler av dem längre fram. Bland annat har Lena och Poul Sanver och jag gjort flera resor till Serbien, Kosovo och Bosnien där vi själva stått som arrangörer.

Länderkommitten har tillsammasns med asylkommitten i Gävleborgs län betytt oerhört mycket för mig som humanjurist och utan Lena och Poul, Michael Williams och Anita Dorazio samt Maud Lindgren, Amelia Morey Strömberg, Ingrid Thyr med flera så skulle mitt liv och arbetsliv tett sig helt annorlunda. Ska man få ordning på ett stort engagemang i flyktingfrågor tror jag det är helt nödvändligt med dessa arbetsmässiga ardennerhästars och entusiaster runt omkring sig. Länderkommitten är nedlagt sedan länge men minnena finns kvar.

NYTT KONTOR

År 1993 flyttade jag ifrån min mycket sympatiska hyresvärd Anita Jabin och skaffade mig ett eget hyreskontrakt i hörnet ner mot tågstationen från Nygatan räknat. Det var ett fantastiskt nyrenoverat kontor på 160 kvm och det kostade 9 000 kr/månad. Jag hyrde nu ut åt min relativt

nyförvärvade vän Ann Sofie Senkul – som var
jurist – och också till psykologen Christina Kha-
javi. Jag hade hyresintäkter på 6 000 kr och det
ekonomiska livet lekte ännu en liten tid. Seder-
mera så skulle allt engagemang i flyktingfrågor
och minskat antal uppdrag från Migrationsver-
ket göra att jag hamnade i en prekär situation
som krävde pengar som aldrig kom men det är
en senare fråga.

SEMESTER

1991 hade ju familjen fått något att göra två
veckor – andelslägenheten i Portugal – om året
så nu behövde man inte fylla ut med så mycket.
Det här året åkte jag och Karin till Italien där
vi bodde kungligt nära Lago Di Garda för en
bytesavgift på ca 1 000 kr. Vi gjorde diverse ut-
flykter i omgivningarna och vi begav oss också
till Venedig via Canazei och OS Staden Cortina
d'Ampezzo. Alexander, som var knappt två år
gammal, blev åksjuk på kringelikrokvägarna så
när vi kom fram till Venedig så orkade inte Ka-
rin gå sista biten. Lite snöpligt men jag brydde
mig inte så mycket eftersom jag varit i Venedig

1974 med Karin Sigstam och även skulle åka dit med tyska Michael och Flavia och deras två barn 2015 men det visste jag förstås inte då.

För övrigt så besökte vi både Lago Di Garda och Cortina d'Ampezzo 1994 med Johan och Ami Stål samt sonen Michael. En mycket trevlig och minnesvärd gemensam semester.

1992

År 1992 hade Karin och jag en ganska förfärlig semester till Finland. Det var nog något av det tråkigaste jag upplevt i semesterväg. Vi bilade från Gävle och vidare till Höga Kusten och därefter upp till Haparanda innan vi övernattade på några ställen i Finland. Bland annat i Wasa, Uleåborg och Åbo. Inne i själva städerna var det ganska okej men vägen var bara skog och skog staplad på hög. Dråpligt nog så fick jag blåsa i en alkotest för första gången i mitt liv på en av dessa skogsvägar. En finsk polis stoppade oss prompt och sa 'Blåsa' och det gjorde jag varefter han sa Kitos – vilket betyder tack på finska – och vi åkte vidare.

Detta år var vi nere i Portugal två gånger och troligen var det nu som Karins syster Kerstin och hennes killa Curth var med. Vi hade också med oss Cissi i omgångar – till Portugal – samt Daniel i alla fall en gång och även Victor och hans dotter Matilda. En kompis till Cissi var med vid tillfälle men det är osäkert om Anna någonsin kunde följa med.

1993

År 1993 så var det dags att bila ner till Frankrike igen och Alex hade hunnit bli nästan 4 år. Resan hade gått bra och vi kom till världsberömda Mont St Michel som är ett kloster men också en ö när tidvattnet kommer. Här stod jag och Karin och tittade på en karta över området när Alex plötsligt bara försvann. Vi blev livrädda och jag gick in i diverse butiker och frågade på min skolfranska om de sett en 'petit garcon' – liten gosse – och det hade de. Efter några förfrågningar stod Alex och pratade med en polis som tack och lov lämnade tillbaks vår son utan att begära så mycket förklaring varför han försvann. Alexander hade uppenbarligen följt med två killar som verkade trevliga och tyckte inte att han behövde några föräldrar just då. Den rymningen kommer man aldrig att glömma.

1994

Året därpå var vi Österrike och vandrade i fjällen med Alexander och Anna men då rymde han inte tack och lov.

STRÖMSBROKÖREN

I och med att vi flyttade till Strömsbro så var det också obligatoriskt att gå med i Strömsbrokören. Det var en mycket fin liten kör ledd av Gudrun där man verkligen kände sig väl mottagen av bland annat Inga Hillbom och Lena Ifvers. Efter en kortare sejour så slutade Gudrun och vi fick flera olika körledare inklusive Irina Forslund. Den stora behållningen för mig var John Melin som var tenor. Han blev en mentor för mig. Han kunde mycket utantill och var verkligen en klippa. Med John och Strömsbrokören åkte vi också till Tallin 1993. Året innan hade jag åkt till Tallin med 'Estonia' tillsammans med Gävle kammarkör Concordia. Då jag var i Tallin med Strömsbrokören fick John lite 'frigång' eftersom han var hårt hållen hemma av hustrun Anna. Som kuriosa så sjöng jag med Johns son

i Hille kyrka när Thomas di Leva gästade Hille
för några år sedan.

Sång fortsatte att vara det stora intresset för
mig första hälften av 90-talet. Så är det nu
också. Jag gick också med i Strömsbrokören för
3-4 år sedan men var tvungen att sluta när kören
skulle öva på onsdagar precis som i Mariakören.
Trist. I Strömsbro – nya tappningen – sjöng
jag också med Per Olof Olofsson som varit den
person som det varit allra trevligast att sjunga
med under alla år.

BÖRJAN PÅ AUGUSTI 2020
STEVE MED FAMILJ, ELLER ISPROPPEN
Steve kände sig i grunden som en
isproppstekniker. Det gällde att hela, hela tiden
försöka undvika ett totalt sammanbrott genom
att ständigt, ständigt ta itu med allt fanskap och
elände som kom i hans väg. Det var väldigt få
dagar som det inte blev minst 3-5 proppar och i
dag kändes det som om det var fler.

INTERNET – ISPROPP 1
Steve var som alla andra människor oerhört

beroende av Internet och han var oerhört
beroende av teknisk support. Troligen betydligt
mer än de flesta. Hans ständige följeslagare El
Tomaso, ET, var fortfarande i frivillig karantän
efter mer än 4 månader och Steve förstod inte
ett jota. Det här med covid-19 hade gjort hela/
halva omgivningen mer eller mindre galna
av rädsla. Själv brydde han sig inte mer än att
förstås hålla avstånd och tvätta händer och
handsprita sig. Internet fungerade inte som det
skulle i dag heller. Det var samma i förra veckan
och då hade El Tomaso försökt lösa problemet
men inte lyckats. Nu ringde Steve och bad
snällt att ET skulle titta på nätet en gång till och
köpa en sådan där 'hubbel/kubbel' eller vad det
nu hette. ET gjorde det och påstod att det nu
skulle fungera. Steve hoppades på det eftersom
kalaset mitt i den ekonomiska polarvintern
gick på 1 300 kr. Lika dyrt som orabbatterad
diabetesmedicin. Vilken liknelse!

COVID-19 – ISPROPP 2

Pandemin var en ständigt pågående ispropp
och nu var plötsligt Sverige det land i Norden

som hade strängast regler för sammankomster. Vilken cirkus och vilka konstiga och irrationella regler som sa att man inte kunde ha konsert med 200 personer men en överfull restaurang gick hur bra som helst. All denna dårskap samlad på hög. Fast Tegnell såg trygg ut trots att många rekommendationer i Steves mening var alldeles för restriktiva. Sverige måste öppnas och öppnas nu och sedan fick man ta utbrotten som de kom och smittspåra dem och ta prover och fan och hans moster men samhället måste öppnas. Det var Steves inställning.

BESÖKARE – ISPROPP 3

Det var tunnsått med besökare på jobbet och en klient som Steve bokat in kom inte utan sa i sista minuten att Steve skulle kolla en sak först innan 'prinsessan på ärten' skulle behaga dyka upp. Det gjorde inte Steve. Steve fjäskade inte för sina klienter i onödan.

Det var ett samspel och han var obrottsligt lojal med sina klienter men han skulle ändå inte vara en dörrmatta och acceptera vilket beteende som helst bara för att man hade problem. Problem hade alla i större eller mindre portioner.

Steve bokade ett besök i sista minuten med en ny klient som påstod att han inte fått ett beslut på mail så nu skulle han hämta beslutet på papper och han fick tid 13.30 men dök inte upp. Kl 14.30 behagade den besvärlige komma och sa:

"Jag fick ju tid 14.30", vilket han förstås inte fått. Steve ägnade en timma åt att tala om vad som menas med prövningstillstånd (PT). Det vill säga att en domstol bara tar upp ett mål om man får PT. På vägen hem ringer samma person och säger att han läst beslutet och det var ju inget beslut. Steve tar ett varv till, med livet som insats och förklarar att det var det han sagt. Nu var det bråttom, nu skulle man börja från början och det var inget riktigt beslut eftersom det inte var någon prövning. Klienten hotade med att hans dotter skulle ringa så att Steve skulle bli tvungen att förklara även för henne. I bland blev det bara för mycket men normalt sett så var tillvaron hanterbar och utan isproppar.

Tack och lov hade modern varit på stan i nya leksaksaffären och fotat allt som gick att fota så att man kunde skicka bilder till tomten på allt barnen önskade sig. Steve hade varit med och plåtat under fredagen och var väldigt, väldigt glad att han slapp det här nya fotoäventyret. Efter en utflykt med minstingen – den stora ville inte följa med – så var det dags för smådamerna att utkämpa ett tredje världskrig där storasyster försökte förmana lillasyster och det gick ju inte. Självklart skulle det också vara full kalabalik under middagen, som så ofta. Nu var båda i säng och det fanns en timma eller 1,5 timma med egen tid. Pust!

KAPITEL 25

REFLEKTION 1990-1995

JOAKIM

Broder Joakim förorsakade sin egen död 1992
och om det sedan var av misstag eller inte som
han sköt sig vet väl ingen säkert. Han hade haft
ett turbulent liv och allvarliga problem under
uppväxten men på slutet hade det sett ganska bra
ut. Det är väl också så att folk tar livet av sig när
det börjar ljusna. Hans död gjorde föräldrarna
förbi av sorg och fadern tog det värst. Tidvis var
han nog själv i gränstrakterna till eget suicid.
Modern var mentalt starkare. Efter ett antal år
kom de tillbaks på banan men det var nog först i
slutet på 90-talet.

Steve kände inte så väldigt mycket konstigt
nog. Åldersskillnaden på 8 år hade gjort att
man aldrig fått en riktig brödrakontakt. Kanske
spelade det också in att Joakim levde i sin egen

värld under ett antal år. Den mest påtagliga på-
verkan var att det gällde att leva här och nu och i
turbofart om man skulle hinna med något innan
det var dags att återvända till evigheten. Om-
vänd förlossning. Steve hade känt att han ville
göra mycket redan som barn men nu blev det
extra påtagligt och så hade det fortsatt genom
livet och fram till nutid.

MORMOR OCH MORFAR

Mormor var en väldigt viktig person i mitt liv
och var det ända fram till sin död 1994. Det år
man grävde guld i USA. Och Sverige fick brons
i fotbolls-vm. Mormor hade varit ställföreträ-
dande mamma under mina första levnadsår och
även om jag inte hade minnesbilder tidigare än
från cirka tre års ålder var det ändå självklart
att det förhöll sig så. Min mor var bara 20 år när
hon fick mig och hade stort behov av att vara
med min far och det var väl inget konstigt i det.
Vilken barnvakt var väl då naturligare än mor-
mor och morfar. Morfar var också viktig men
inte på samma sätt och inte efter det att jag kom-
mit upp i övre tonåren. Morfar gick bort ganska

tidigt. Det måste ha varit tidigt 70-tal eller sent 60 tal.

Mormor var väldigt mån om att skämma bort mig med god mat och annan omskötsel. Hon brukade också hälla upp ett bad till mig när jag var på besök i lägenheten vid Kyrkbytorget på Hisingen i vuxen ålder. Under lumpen hände det att jag åkte ner till Göteborg bara för att få träffa henne. Det om något visade väl vilken gemenskap som fanns mellan oss. Hon dog genom att ramla omkull på en matta och hittades av morbror Inge. Jag var med på begravningen efter att jag och Karin varit på semester ute i Europa. Min mormor blev dryga 80. Min mor gick bort det år hon skulle ha fyllt 86. Morfar blev omkring 80 år – Heidi vet – och farfar skulle ha fyllt 99 det år han seglade vidare. Min farmor blev bara cirka 60 år.

STRÖMSBRO

Tiden i Strömsbro 1991-1996 var en väldigt fin tid som jag tidigare varit inne på. Oerhört tragiskt att hemska räntor och reparationsbehov gjorde att vi var tvungna att flytta till en lägenhet på Brynäs men den var å andra sidan på 160 kvm med kakelugnar och högt till tak så vi bodde ändå ståndsmässigt under åren 1996-1998. Jag ville ju inte heller att familjen skulle drabbas av mina ekonomiska problem som gjorde att jag inte kunde ha alla bollar i luften samtidigt. Det var fullt sjå att ha alla knivar i lådan samtidigt och få betalt.

TESTEBO

Vi hade Alexander på Testebo föräldrakooperativ under tiden i Strömsbro och det var ett mycket bra ställe med underbara Ylva Asplund som matmor, Ove Björklund och hustru Kristina som föräldrar likaså Marie Söderqvist och Max Westin. Även läkarparet Ann och Peter Welander hade barn där etc. Liksom makarna Gunnar och Elisabeth Färdeman som också var eller blev läkare. Vi hade också en kvinna som jobbade på Testebo som blev kommunalråd. Kanske Anna någonting?

Det var också flera andra trevliga föräldrar som vi lärde känna där. Vissa ser jag fortfarande på stan och växlar några ord med. Dit hör Beas pappa.

Vi hade det även väldigt trevligt socialt och jag kände mig stolt som en tupp när jag fick spela med Max Westin som var en begåvad musiker och trubadur. Jag skrev även en visa om Strömsbro men den blev dessvärre ingen hit men Gunnel Boberg tyckte den var bra och det var huvudsaken.

KÄNDISSKAP

I början av 90-talet blev jag väldigt känd för mitt engagemang för flyktingar och skrev man inte om mina fall minst 5 dagar i veckan blev jag besviken. Jag blev något av flyktingadvokaternas Bert Karlsson fast jag inte tjänade pengar som han. Alla visste vem jag var och många hejade på mig på stan och ytterligare andra skrev hat-brev. Även Aftonbladet och Expressen hakade på mina fall och vissa fall drev vi tillsammans – inte minst med hjälp av Barbro Dillworth som skrev mycket om fallet Anca Teisanu från Rumänien – och på den tiden kunde man sällan misslyckas om man höll media hårt i handen.

Jag skrev även mycket debattartiklar som togs

in i diverse tidningar och i slutet på 90-talet
hjälpte jag Susanne Reuter att skriva artiklar
som hon fick publicerade i de stora drakarna.
Kändisskapet tärde på krafterna och det var inte
så att man fick extra mycket betalt för att mina
fall uppmärksammades i media. Tvärtom. Att
prata med alla journalister tog en jäkla tid. Jag är
väldigt tacksam för att den epoken tog slut en bit
in på 2000-talet men visst var det kul att räknas.
Nu är ju tidningar och media totalt ointresserade
av mig i stället. Det känns också lite konstigt
men det är i alla fall betydligt lugnare än när
journalister ringer kanske tio gånger på en dag.

KAPITEL 26

MOT KATASTROFEN

ALLMÄNT 1996-1999

I USA hade man fått Bill Clinton till president 1992 och han körde på i två perioder men hade svårt att hänga sig kvar på grund av fröken Lewinsky. Han var tvungen att bomba i bland annat Belgrad i slutet av 90-talet för att visa handlingskraft. Ärren finns fortfarande kvar mitt i stan.

Sverige hade haft stora ekonomisk problem under Carl Bildt 1991-1994 och sedan kom Göran Persson för att städa upp. Margaret Thatcher hade avgått och Ryssland hade fått sin Jeltsin. I f d Jugoslavien hade vi krig på olika håll och i Bosnien 1992-1995 och Carl Bildt blev fredsmäklare på Balkan men kunde inte stoppa blodbadet i Srbeniza etc. Det hände mycket i slutet av 90-talet.

ARBETE OCH LÄNDERKOMMITTÉN

Jag jobbade på som vanligt under de här åren men befann mig i svår ekonomisk nedförsbacke från 1995 och framåt. Jag gjorde en massa räddningsmanövrar genom att sälja fakturor och låna pengar och stoppa in i verksamheten men det var inte tillräckligt. Det hjälpte inte. Hela perioden var som ett ekonomiskt såll.

Jag fortsatte att vara mycket populär migrationsadvokat och Länderkommittén för f d Jugoslavien med Lena och Poul Sanver hade väldigt bra rykte – vi hade bland annat kurser för MV:s personal som vi fick betalt för – och vi var även remissinstans. Vi startade också kontor i Cacak i Serbien för att se vad som hände de som blev utvisade från Sverige. Vi hade bättre koll än Migrationsverket. Vi var flera politiska partiers kelgrisar med vår expertkunskap och vi hjälpte troligen tusentals människor att stanna under 1990 talet då det var betydligt lättare att få stanna än nu.

De flesta hjälpte vi genom att hålla dem flytande

till dess det kom en amnesti och tidsamnestier duggade tätt under 90-talet. Vi hade ett jättebeslut för Bosnier runt 1995 och stora barnamnestin kom 1994. Mycket annat positivt hände och vi hade en väldigt bra chef i Göran Håkansson och i slutet även Håkan Sandesjö i Utlänningsnämnden. Han skrev även böcker och var en extremt kunnig kille. F d chefs Jo Per Erik Nilsson mobbades på Migrationsverket (MV) som rättschef. Han och jag samarbetade väldigt bra och han var mycket hjälpsam under 90-talet. Han blev min mentor i det fördolda.

KONTOR I STOCKHOLM

År 1998 fick jag hjälp av V- ledaren Lars Ohly att få ett kontor billigt – kanske på 10-12 kvm – i V:s hus på Kungsholmen. Jag betalade bara 1 000 kr i månaden och jag anställde Tia Torekull – dotter till Bertil Torekull – 1998. Jag fick många uppdrag genom Anita Dorazio som jobbade i samma hus. Vi hade ett väldigt bra utbyte av varandra. Hon är en fantastisk människa med ett extremt stort engagemang och hon kunde även fixa gratisbiljetter till Susanne

Reuters föreställningar. Hon och Susanne var kompisar och jag blev sedermera också kompis med Susanne.

Under 1999 flyttade jag över till Susanne Ostens gamla sovrum och arbetsrum genom att hyra av f d maken Etienne Glaser, han från bröderna Mozart. Susanne Osten och jag blev lite bekanta och hon lät mig vara med i en före-ställning på Statsteatern med bland annat Len-nart Jäkhel, där jag spelade domare. Inte många repliker men en rolig erfarenhet.

KAPITEL 27

KONKURS

Allt gick i kras i december 1999 när mina två
bolag försattes i konkurs för en skatteskuld på
100 000 kr. Vid tiden för rättegången så hade jag
beslut på att jag hade fordringar på staten på mer
än 100 000. Man hade kunnat kvitta mina ford-
ringar mot statens fordringar men det struntade
Kronofogden i. De ville sätta mig i konkurs till
varje pris. Två veckor efter konkursen var alla
skulder till staten betalda men vad hjälpte det.
Jag skulle tugga mig igenom konkurserna som
var färdigutredda och klara först 2001. Då hade
konkurserna kostat mig cirka 1 miljon. Konkur-
serna avskrevs eftersom alla fick betalt men det
var då det. Men konkursen gav mig en väldig
massa bra erfarenhet som jag kunnat ta betalt
för senare. Något bra förde det med sig trots allt
och jag vägrade låta mig nedslås.Jag fick även

hjälp att komma tillbaks på banan väldigt snabbt genom profilen Anders Högberg som ordnade kontor åt mig hos restaurangkungen Tommy Flybring. En mycket sympatisk kille som hjälpte mig mycket liksom Anders.

När jag försattes i konkurs miste jag mitt kontor dagen efter och tvingades lämna kontoret på 160 kvm liksom kontoret i Stockholm och Tia Torekull fick uppsägningslön. Det var ett väldigt spektakel men jag försökte få Karin att förstå att jag skulle överleva det här också och att jag jobbade vidare i min enskilda firma. Det gjorde jag också och det gick hur bra som helst men det kommer jag till senare.

SEMESTER OCH RESOR I TJÄNSTEN

Jag fortsatte obekymrat resa under 90-talet trots sämre tider. Jag gjorde också flera utredningsresor med bland annat Poul Sanver och Michael Williams. Vi var i Kroatien 1995 och 1997 var jag med Michael Williams i Bosnien och Kroatien och samma år var jag med Michael och Ragnhild Pohanka till Kosovo. Mycket spännan-

de resor. Jag fick också åka till Eu -parlamentet
tillsammans med advokaten Sten de Geer samt
syster Karin från Alsike kloster år 1996 och den
resan var betald av ärkebiskopen i Uppsala.

Jag reste med Gävle Kammarkör Concordia
till Prag med tåg 1997. Mycket trevlig resa.
Familjen fortsatte att resa och 1996 var äventyret
slut med andelslägenheten i Portugal som var
fantastisk men man höll inte vad man lovade så
jag tröttande på att betala. Jag bröt kontraktet
och sedan blev det inte något Portugal för mig
förrän för några år sedan.

Jag och Karin och Alexander åkte också tåg
till Badgastein i Österrike för att vandra i ber-
gen. Vi hade även varit i Österrike och Italien
och vandrat tidigare men 1998 var vi här med
tåg och tidigare hade jag kört bil. Karin ville
aldrig köra utomlands.

År 1999 var vi även på Kreta och då var också
Cissi och Jonathan med. Cissi tror jag fyllde
30 under själva semestern. I så fall var vi där i
september och Jonatan hade hunnit bli 1,5 år.
Den sista resan jag gjorde 1999, innan konkur-

sen, var att åka med Alex till Galway på Irland
för att besöka min dotter Anna som pluggade
engelska där. Jag minns att jag var dåraktig nog
att dricka två pint öl första kvällen och sedan var
jag tvungen att varje timma gå på muggen och ta
mig från det svinkalla rummet där vi bodde till
toaletten. Helt förfärligt. Men resan var trevlig.

1990-talet
KAMP MOT MYNDIGHETER

Det går ju inte att komma ifrån att det var
en skön känsla att få ge uttryck för sin frustra-
tion över myndigheters gigantiska dumhet och
märkliga beslutsfattande med en megafon i form
av media. Jag var alltid i kamp med migrations-
myndigheter och socialtjänsten och KFM. Under
90-talet så var det ju en ständig diskussion kring
avvisningar/utvisningar och hur hårt Sverige
gick fram. Varje tidning med självaktning hade
sina egna fall som man drev månad efter månad
och man ville förstås ha någon som stod på bar-
rikaderna och skyddade den svage.

En barbröstad kvinna från målningen 'friheten
på barrikaderna' var lite av en förebild. Kan det

ha varit Delacroix eller David som gjorde den
1800- talsmålningen? Hur som helst har jag sett
den på Louvren i Paris och fascinerats av den.
När man nu sitter och tänker tillbaks på det liv
som varit så här långt så kommer ofta romanen:
'Din stund på jorden' av Vilhelm Moberg upp.
En stor kontrast nu jämfört med när man var ung
eller yngre. Vilken energi man hade då som inte
finns nu när jag mest längtar efter att 'sitta under
korkeken' och läsa en bok eller umgås med mina
barn. Både stora och små.

Det var en galen tid med tidvis upplevelse av
inflytande. Att räknas. Jag kunde skicka i väg ett
'pressmeddelande' i ett aktuellt fall och tio mi-
nuter senare så hade tidningarnas telegrambyrå
(TT) gått ut med det och sedan kunde uppgiften
vara med i nästa nyhetssändning i tv och radio.
Gällde väl mest tidningar men i Kimberlyfallet
och en del andra fall så bevakades mina ärenden
även av tv.

UPPVAKTNING

Jag, Michael Willimas och Poul Sanver fick
audiens hos statssekreteraren Gun-Britt Anders-

son för Migrationsfrågor från och till – hon var en verklig maktfaktor – och hon kom till ett av våra seminarier i Borås. Jag skjutsade henne från stationen i min bil och då fick hon asfalt på strumpbyxorna – jag hade passerat ett vägarbete på vägen till Borås och lyckats få in lite i bilen – men hon var lika glad för det.

Att få vara med och tycka till om lagstiftningen som Länderkommittén fick göra –vi var remiss-instans i några år – var stort. Att träffa chefen för Utlänningsnämnden – Göran Håkansson och Håkan Sandesjö – var också stort men han som var innan, Johan Fischerström, var inte lika kul. I vart fall inte för mig. Men Lena Sanver hade bättre kontakt med honom.

UTLÄNNINGSPOLISEN

Det som verkligen var en utmaning under 90-talet var utlänningspolisen och deras utvis-ningar. De drog ofta till sig medias intresse. För det mesta var det väldigt bra att ha att göra med Karin Fagerlund som var den som hade hand om många av utvisningarna i Gävle. Värre var det med Willy Aflarenko. Till honom hade jag en

slags hatkärlek. Han hade nog detsamma till mig
och runt 2010 när jag hade givit ut tre böcker
som fanns på akademibokhandeln så kom det
in en kompis till Willy och köpte alla tre för att
ge böckerna till honom. Hans avvisningar hade
inga normala spärrar. Det var ofta som han gjor-
de 'gryningsräder' som han stolt berättade om
i Arbetarbladet och Gefle Dagblad när han och
kanske fem poliser stormade in i en lägenhet där
en asylsökande familj med skräckslagna barn
befann sig och några timmar senare var familjen
förpassad till sitt hemland. Han gjorde mycket
för att djävlas och ville t ex inte utse mig som
offentligt biträde för den som skulle avvisas så
att jag kunde få besök och när jag sedan fortsatte
som privat ombud kunde han ofta förhindra att
jag fick tag i min klient. Han hyrde privatplan
till höger och vänster för 100 000 tals kronor
och försökte få in människor i Turkiet eller Iran.
Inte sällan misslyckades han. Media skrev om
detta fruktansvärda slöseri men han fortsatte
oförtrutet.

Det fanns andra hos gränspolisen som hade
med sig en duktigt tjock plånbok när man skulle

ha in någon kurd i Turkiet. Samma person brukade tydligen stanna kvar i Turkiet och köpa skinnjackor som han sedan tog med sig till Sverige enligt ryktet och sålde med god förtjänst.

Karin Fagerlund – hon var också uppskattad av Asylkommitten som bildades 1999 – var den bästa att ha att göra med när det gällde utvisningar men en utvisning där hon var inblandad var mindre kul. Jag tror dock inte att hon själv var beslutande. Hon var inte chef på sin avdelning av gränspolisen.

ANCA

Hur som helst så gällde ett fall den rumänska flickan Anca Teisanu. Ärendet hade tilldragit sig enorm uppmärksamhet från media och nu skulle familjen ut ur landet. Man hade hyrt privatflyglan som gick från Rörberg. På vägen till flygplatsen eller kanske på flygplatsen så försöker pappa Dan Teisanu ta sitt liv eller i alla fall så tar han tabletter som gör att han måste föras till sjukhuset i Gävle för magpumpning medan mamma Carmina och Anca fördes till flygplanet och skickades till Rumänien. Det ansågs väldigt

cyniskt av media att utvisningen av Anca och
hennes mamma fortsatte trots att pappan fördes
till sjukhus. Ärendet ledde till en osannolik upp-
märksamhet och det hela slutade i att rättschefen
Per Erik Nilsson själv gick in i ärendet och ansåg
att det var felaktigt och familjen som tidigare
fått avslag fick nu stanna i Sverige.

Per Erik Nilsson hade direktkontakt med
mig under hela ärendet och journalisten Barbro
Dillworth skrev om det hon fick genom mig. Det
kändes helt fantastiskt när Per Erik ringde mig
och meddelade beslutet. Vilken seger. Jag och
Per Erik blev vänner efter det här och träffades
då och då. Han slutade också på Migrationsver-
ket och jobbade med egna ärenden. Han blev
en del av flyktingrörelsen som orkestrerades av
Sanna Vestin, Syster Karin i Alsike, Michael
Williams och Anita Dorazio. Lena och Poul
Sanver samt Sten de Geer och några till. Jag var
också med på ett hörn. Det måste sannolikt ha
varit 1992 som det här hände. Jag var på Arlanda
och mötte familjen tillsammans med ett stort
mediauppbåd med TV 1, Tv 2 och Tv 4 och ett
antal tidningar. Det var verkligen en fantastisk

känsla och jag kände mg väldigt stolt.

Det var inte endast i Gävle som Gränspolisen agerade fult utan runt om i landet. De hade många trick för sig för att bli av med 'misshagliga' personer. Vid ett tillfälle så uppmanades en man att ta av sig en svensk tröja så att han kunde knuffas in i ett land i f d Jugoslavien för att det inte skulle uppdagas att killen kom från Sverige. Vid ett annat tillfälle så knuffade man in en känd flykting i ett mörkt rum i Bollnäs och påstod att han skulle prata med en läkare och sedan tog man istället med personen via kulvertar till väntande bil. Det skulle kunna skrivas långa och många böcker om alla dessa fruktansvärda avvisningar och inte minst om hur fult polisen agerade när det gällde apatiska barn som de påstod var uppe på nätterna och sprang. Tyvärr hade de ju rätt i vissa fall när det uppdagades att en del barn inte var apatiska. Men i de allra flesta fall är jag övertygad om att det inte var något fusk.

ALSIKE

Ett av de mest uppmärksammade fallen var

när gränspolisen med stor styrka tog sig in i
Alsike kloster och grep ett antal asylsökande.
En av mina klienter befann sig i ett rum tillsam-
mans med en svårt traumatiserad kvinna och
barn. Där tog sig polisen in med yxa. Fallet blev
väldigt uppmärksammat inte minst utomlands
och skapade enorm 'badwill' för Sverige. Det här
borde ha varit runt 1993-1995.

ANALYS AV 90 TALET

När jag tittar i backspegeln så känner jag en
väldig blodsmak. Jag stred oavbrutet med min
imaginära sabel i Törnrosaskogen och jag fort-
satte trots att jag tog en stor ekonomisk risk med
alla gratis eller 'nästangratisärenden'. Det drab-
bade även familjen men jag kunde inte stanna
upp och med facit i hand kan man undra hur rätt
det var. Hur som helst så var det en befrielse att
gå i konkurs. Nu slutade cirkusen abrupt och
jag blev av med mitt flaschiga kontor på 160
kvm och jag blev av med min anställde och mitt
Stockholmskontor.

Under den ekonomiska nedgången i slutet på
90-talet så gjorde vi oss också av med den stor-

ståtliga våningen på S Fiskargatan på fem rum
och kök och flyttade tillbaks till Sätra. Närmare
bestämt till Stenbärsvägen och fick väldigt trev-
liga grannar i Ethel och Stig, Stefan och Kerstin.
Det här var 1998 och livet började liksom om.
Alex fick en ny skola i Pingeltorpsskolan och
han fick det mycket lugnare än på Brynäs där en
äldre kompis ledde in honom i diverse hyss.

Under 90 talet hade vi en fantastisk villa i fem
år 1991-1996 i Strömsbro som både köptes och
såldes under detta decennium liksom en fantas-
tisk lägenhet i Portugal och en väldigt häftig lek-
sak till bil. Vi hade haft en vit flygel i bostaden
i Strömsbro och även på stan men den fick gå
till kontoret i stället och sedan säljas till Anders
Högberg vid konkursen.

Vi hade gått miste om nästan allt materiellt
som fanns men stridsviljan fanns kvar och det
hade blivit ett nytt läge. En ny platå att arbeta
ifrån men det kommer senare. Det kom även in
i ett lugnare skede när det gällde att umgås med
sonen Alexander. Så fort han kunde prata så
frågade han:

"Pappa vad ska vi göra i dag?" och sedan gjorde

vi det han önskade. Vi var väldigt mycket på badhuset och han lärde sig simma när han var 5 år. Vi var på golfbanan och tränade på ranchen i Strömsbro. Vi var och fiskade och vi åkte en massa slalom etc. Oavsett hur mycket jag hade att göra i jobbet så hade jag tid att umgås med sonen och det kändes bra. Jag hade ju inte fått umgås med min far annat än sporadiskt så jag hade mycket att ta igen. Jag ville inte att min situation som barn skulle upprepas.

Familjen fick också umgås under otaliga semestrar. Man kan hoppas att Karin och Alexander har samma minnesbild. Min far hade varit fysiskt frånvarande men i allra högsta grad närvarande i tanken. Jag ville inte vara en frånvarande far och det är jag inte nu heller. Mina småtjejer ställer samma fråga som Alex:
"Vad ska vi göra i dag pappa?" och i dag kan jag svara att vi skall åka till 'Popcornshotellet Comfort Friends Arena' i Solna eller bara till badhuset. Det viktiga är ofta inte vart vi åker utan att vi gör någonting.

KAPITEL 28

14 augusti 2020

Det hade varit en förfärlig fredag för Steve och frågan var väl om det skulle hinna vända? Det hade börjat med att internet försvann och aldrig kom tillbaks på jobbet och fortsatte med att Steve tiggt om hjälp på snälla Audio Video angående 'Apple tv' som dottern Nicci hade sett som skulle vara så bra och billigt men det förutsatte apple Id. Efter en halvtimmas ”råddande” hade Jonas på Audio Video lyckats få till ett konto. En bortslängd halvtimma på en av årets varmaste dagar.

När Steve kom hem upptäckte han och Nicci att det i grunden inte var något att ha eftersom de filmer som fanns där skulle hyras och det var ju inte avsikten. Steve ville inte ha ytterligare utgifter för diverse barnfilmer.

Nästa irritationsmoment var att Nicci ville åka ner på stan i smällheta sommaren och titta på något i nya leksaksbutiken i stan som hon inte kunnat köpa tidigare på dagen för att hon glömt pengar hemma. Steve fullständigt hatade besök i leksaksbutiker och ville åka och bada men det ville inte barnen.

Det som verkligen förstörde dagen var att en sudansk kvinna som inte talade svenska ville titta på kläder på fredag eftermiddag av alla tider och kontaktpersonen ringde kl 14.00 och undrade om jag kunde visa kläder för den här lilla gruppen. Efter diverse förseningar var de på plats klockan 15.00-det vill säga efter en timma och då hade sonen som talade svenska med sig en låda med saker som skulle bytas. Kläder skulle bytas som man köpt för en spottstyver. Steve höll på att få ett stort, stort fel men utgick ifrån att man hittat ett antal nya plagg efter 45 minuters väntan på att affären var avklarad. Den mynnade ut i att man bytte de fem plagg man hade med sig mot fem nya och INGET emellan. Steve visade tydligt sitt missnöje men det var inget man brydde sig om. Ännu en ny negativ erfarenhet och ännu ett exempel på vad lite 'kulturskillnader' kunde ställa till med. Den saken var klar att den här familjen skulle Steve inte handla med i fortsättningen. Ibland undrade han vad han sysslade med och hur människor tänkte. Det påminde om när han bjöd grannar i området och bekanta på 'homeparty' – för några år sedan – där besökarna fick soppa och vin för att titta på afrikanska smycken som hustrun sålde men fem av de 6 inbjudna kunde med förmodat gott samvete säga nej till att köpa saker som kostade 50 -100 kr som en slags symbolhandling. Tänk att Steve aldrig lärde sig. Det var ju samma med böcker. Det var ju som att sälja sand i Afrika att hålla på med det tramset. Det var givet att det skulle bli en förlustaffär och också skapa en boulevard av förödmjukelse under resans gång. Å andra sidan var det väl Steves livsluft. Ett sätt att fortsätta ha blodsmak i munnen och fortsätta göra konstiga saker.

År 1999 har slutat på sämsta möjliga sätt med konkurs och dessutom hade bästa vännen Victor Törnemo dött av en hjärninfarkt framför sin dator. Det var hans dotter Matilda som hittade

honom. Förlusten var enorm. Victor hade varit
en oerhört bra vän och han var också en fixare.
Han kunde allt och kunde även laga bilar när det
behövdes. Å andra sidan hade jag börjat köpa
nya bilar så det var inte så mycket att fixa. Han
var inte heller mallig av sig utan tog gärna över
kläder som jag vuxit ur.

Victor och jag hade också gjort ett flertal
utflykter tillsammans med våra döttrar Matilda
och Anna. Vi hade varit i Köpenhamn och i
Portugal men också gjort en mängd kortare ut-
flykter. Anna och Matilda samsades väldigt väl.
Matilda var född 1981 och Anna 1980.

Nu gällde det att ställa om. Jag hade blivit av
med mitt stora kontor i Gävle – 160 kvm – och
hade också blivit av med kontoret i Stockholm
på ca 50 kvm och hade ingen anställd. Det jag
hade var ett rum på mindre än 10 kvm och del i
ett konferensrum men det räckte bra.

Det dröjde inte många dagar innan jag bitit
huvudet av skammen och börjat kämpa utifrån
de nya förutsättningarna. Alla klienter var kvar
så jag hade min födkrok. Nya klienter skulle
komma. Jag fick till och med ett bidrag av advo-

katsamfundet på 5 000 kr/månad vilket var ett väldigt trevligt ekonomiskt tillskott. Det fortsatte jag att få i ett år. Hyran var på 1 000 kr och den skulle betalas 'senare' enligt Anders Högberg som gjort upp med Tommy Flybring och hans partner. Föräldrarna brydde sig inte så mycket eftersom det alltid varit upp och ner i deras liv och Karin tycket det var bra att det lugnat ner sig.

Myndigheterna hade även dragit in min F skatt sedel och det gjorde att moms och skatt drogs från början, innan jag fick en utbetalning. Ungefär hälften av arvodet från statens olika myndigheter och domstolar drogs från källan så skatt var inget problem. Det blev minimal skatt att redovisa in för egen maskin. Det gällde ju bara privata kunder. Det här fick till följd att ekonomin blev väldigt bra snabbt men jag drog inte på mig några nya utgifter ännu. Jag och Karina fortsatte att bo på Stenbärsvägen och hyran för radhuset var hanterbar. Alex hade nu hunnit bli 10 år gammal och skulle fylla 11 i augusti år 2000.

Jag har haft en väldig massa kända fall genom åren som uppmärksammats intensivt i media men jag tror att Kimberlymålet var det som skapade mest rubriker. Det började med att min, då, goda kamrat Susanne Reuter undrade om jag kände någon advokat som kunde företräda Angela Stark som tidigare bott i Sydafrika men flytt från sin f d man som hon hade tre barn med och sedan börjat processa i Sverige. Susanne tyckte att Angelas advokat inte skötte sig bra och advokaten borde bytas ut. Jag sa att jag hållit på med familjerätt sedan jag var i domstol 1979 och alltså jobbat med sådana ärenden i 20 år. Susanne lät sig nöja med det och tyckte jag skulle träffa Angela och höra om hon ville byta ombud till mig. Det ville hon. Vi träffades i Uppsala och kom genast överens. Angela var en intelligent och vacker kvinna i 40 års- åldern. En hake var att lösa ut den tidigare advokaten och se till att jag kunde fortsätta som privat ombud. Susanne Reuter var en enorm fixare och erbjöd sig att skänka ett pris som hon fått på 15 000 kr som en startavgift. Sedan pratade hon med nöjesprofilen

Vicky van der Lancken som kom med ytterligare 30 000 kr och så var det ännu fler människor som ville hjälpa till. Ofta skådespelare, bland annat Helena Bergström. Plötsligt var jag bekant med ett antal 'kändisar' och alla önskade mig lycka till.

Det var inga problem för Angela att få vård-naden om äldsta sonen Peter. Han var så stor – tonåring – att han mer eller mindre kunde bestämma själv. Något värre var det med sonen Daniel som var 11-12 år men där lyckades jag få domstolen att acceptera att Angela skulle ha vårdnaden.

Den stora stötestenen var dottern Kimberly som bara var omkring 7 år gammal. Jag drev målet till högsta instans men de vägrade att låta modern få vårdnaden. Man var också skiljakti-ga. Nu blev det stora problem. Angela gick under jorden med dottern och vägrade lämna ut henne till fadern. Det här bevakades under sommaren 2000 överallt i media och när jag och Karin skulle åka med vännerna Gunilla och Martin till Skottland så var TV 4 på flygplatsen för att intervjua mig in i det sista.

Susanne Reuter ordnade demonstrationer för Kimberly varje vecka och ett stort antal personer var med på 'barrikaderna' och talade till förmån för flickans rätt att vara med sin mamma. Lokal -tv rapporterade och det kändes mycket märkligt när man var med på Stocksholms -tv flera gång-er i timman.

För att försöka få tillstånd en ny prövning för flickan så lyckades jag och Angela se till att flickan fick gå hos en barnpsykiater på Karolin-ska i Stockholm trots att flickan nu gömdes av sin mamma.

Det fungerade ganska bra en tid men polisen fick reda på de här träffarna och efter en behandling så kom polisen och helt sonika kastade in Ange-la och flickan i en skåpbil. Sedan togs mamman och Kimberly till en förskola i Sätra utanför Stockholm. Dagen därpå körde minst ett halv-dussin skåpbilar till Arlanda där pappan väntade och fick ta emot Kimberly enligt utlämnings-avtal med Sydafrika. En enorm besvikelse men inget som det gick att hänga läpp för.

Nu startades en process i Sverige med fadern där Angela gick med på att pappan skulle få

Kimberly boende hos sig men pappan skulle betala för resor för Angela och hennes pojkar flera gånger om året. Det blev en väldigt bra överenskommelse och vi beslutade att avtalet i Sverige också skulle fastställas i Sydafrika.

I början av år 2001 följde jag med Angela till Durban i Sydafrika för att träffa Kimberly. Pappan var mycket hjälpsam och lät en barnflicka vara med vid umgänget och han lånade samtidigt ut en väldigt fin Mercedes Benz-suv till Angela som jag fick nöjet att köra kors och tvärs under de dagar som vi var nere i Durban. Vi hade också möjlighet att åka till en känd nationalpark med mycket djur inklusive noshörningar. Ett stort äventyr. Kimberly var också mycket nöjd med arrangemanget.

Att processa i Sydafrika var inte helt enkelt. Det kostade en förmögenhet och det hela rann ut i sanden på grund av stora kostnader. Mitt uppdrag var slutfört och det hade gått tämligen bra bortsett från att det inte gått att hålla kvar Kimberly i Sverige men det var i grunden ett ganska sunt beslut. Kimberly hade bott med sin far hela sitt liv och han var mycket snäll emot henne.

Jag fortsatte hålla kontakten med Angela en period men vår kontakt upphörde efter en tid. Det vore spännande att få kontakt på nytt och veta hur det gått 20 år senare. Kimberly måste nu närma sig 30 år och har kanske egna barn?

I anslutning till att pappan fick hämta Kimberly blev jag intervjuad i TV 4:s morgonsoffa och träffade då bland annat Carl Bildt. Jag fick debattera med gränspolisen som varit ansvarig för deportationen och ondgöra mig över hanteringen och att man iscensatte en kidnappning av flickan för att Sverige skulle kunna hålla sina konventionsförpliktelser. Minst sagt märkligt.

Jag var på biblioteket dagen efter utvisningen och kollade på Gävle stadsbibliotek hur många tidningar som skrivit om Kimberlyfallet. Jag kunde konstatera att alla tidningar haft större eller mindre artiklar och den enda som inte skrev om fallet var Norrskensflamman. Ett oerhört spännande fall som gav mersmak. Att jag hade världens minsta kontorsrum spelade ingen roll. Jag kunde få ett sådant här fall i alla fall och trots konkurs året innan. Första året efter

konkursen hade förlöpt tämligen smärtfritt och
Karin hade inte kastat ut mig.

KAPITEL 29

2001-2005

För att ha en chans att minnas vad som hände
olika år så börjar jag ofta med att fundera var jag
bodde. Jag och Karin och Alexander hade flyttat
till Stenbärsvägen med härliga grannarna Stig
och Ethel 1998 och vi flyttade till Primulavägen
2003. Där bodde vi sedan fram till 2008.
De första tre åren av 2000 talet bodde vi alltså
på Stenbärsvägen. Under dessa år slickade jag
såren från konkursen 1999 som avslutades 2002.
Mitt revansch behov var enormt. Jag kände att
jag måste kompensera familjen för att det gått
så illa och ett bra sätt att kompensera var ju att
åka på dyra semestrar. Jag var nu mycket mer
försiktig med gratisuppdrag och uppdrag hos
Migrationsverket (MV) som hade lett fram till
konkursen. MV hade betalningsmoral som en

anfallande skallerorm så dem skulle man hålla
sig borta ifrån och istället försöka förlita sig på
att kunden själv skulle betala. Det gav inte så
stora summor men det gav bra likviditet. Anita
Dorazio var en av de personer som såg till att
advokater kunde få bidrag via en fond.

När konkursen var avslutad fick jag tillbaks
f –skattsedel och blev betrodd att själv göra skat-
teavdrag och betala in moms. Det fungerade bra
och jag var snabb att samla i ladorna och ägnade
mig bland annat åt 'daytrading' för att försöka få
kapitalet att växa. Det gick ganska bra under en
tid. Vi köpte hus på Primulavägen men det blev
en hanterbar kostnad som inte påverkade ekono-
min särskilt mycket. Dyrare bil blev det också
men även det var hanterbart.

ARBETE

Jag fortsatte att ha en väldig massa uppmärk-
sammade mål som tog mycket kraft i anspråk.
Kapten Slava var rejält uppmärksammat mål
på det lokala planet och även flickan Leyla från
Bosnien som behövde göra en operation för att
slippa stomipåse. Det samlades ihop ca 200 000

kronor genom Gefle Dagblad. Folk var myck-
et givmilda och flyktingvänliga en bit in på
2000-talet. När jag mötte chefen för landstinget i
en radiodebatt så hävdade jag att Leyla hade rätt
att få sin operation betald av det allmänna. Jag
hade konsulterat Sanna Vestin i frågan. Det hade
landstinget styvnackat hävdat att det inte var så.
Under själva debatten så sa landstingsbossen helt
oväntat att hon kollat en extra gång och funnit
att det allmänna skulle betala. Ett oerhört gläd-
jande beslut som också ledde till att de insam-
lade pengarna kunde gå till flyktingarbete och
en del av pengarna slussades nog genom asyl-
kommittén som startats 1999 med bland annat
Amelia Morey Strömberg. Hon var också ordfö-
rande en tid innan andra tog över och sedermera
eldsjälen Maud Lindgren. Ingrid Thyr var också
en riktig kämpe liksom Elisabeth Skoglund samt
Per och hans fru Berit.

Det kändes enormt meningsfullt – det är det
fortfarande – att samarbeta med asylkommit-
tén (AK) som var mycket aktiva och även hade
månatliga demonstrationer. AK samarbetade jag
med på det lokala planet och på riksplanet så var

det FARR-flyktingskommitternas och asylgrup-
pernas riksråd. Där var de främsta företrädarna
Michael Williams, Anita Dorazio och Sanna
Vestin. Vidare hade jag självfallet samarbete
kvar med Länderkommittén för fd Jugoslavien
med Lena och Poul Sanver. Länderkommitten
fortsatte vara en tung spelare och vi öppnade
också kontor i Cacak och anställde Zorica. Det
borde vi ha gjort i början på 2000-talet. I och
med att vi hade kontor i Cacak i Serbien hade
vi björnkoll på inte minst romernas situation
och vad som händer när man utvisade romer
tillbaks till en oerhört eländiga situation. Bland
annat hade man stora bosättningar under broar-
na i Belgrad. Länderkommittén ordnade också
hjälpsändningar till Serbien och vi lastade våra
fordon fulla och åkte ner och skänkte prylarna
till hjälpbehövande. Jag var även själv med på en
av dessa hjälpsändningar tillsammans med den f
d polisen Harry Eriksson. Som under en tid var
ordförande för Asylkommitten.

Sammantaget var den här tiden mycket spän-
nande och det var fortsatt givande att driva mål
tillsammans med kvällstidningar som Expressen

och Aftonbladet. Chefredaktören Bo Strömstedt engagerade sig mycket för den nästan blinda flickan Nadina från Bosnien och tillsammans med Bo besökte vi ögonklinik i Stockholm. Även det här måste ha varit i början på 2000-talet.

INTRESSEN

Sonen tyckte om friidrott och var med i Gefle IF från tidig ålder. Han måste ha börjat med det runt år 2000 då han var 11 år. Jag var med på hans träningar och jag var även klassförälder när det var dags för GD/GIF som man hade från 4-6 klass. Möjligen hade man det redan i trean. Alexander gick på Pingeltorpsskolan från 1998-2001 och började på Stora Sätraskolan 2002 om jag inte räknar fel. Under den här perioden så spelade Alex en hel del innebandy. Träningar och matcher tog mycket tid i anspråk och ofta var det matcher på tidiga lördagmornar. När Alex blev 13 år så började han i Gefle Alpina och då tog den träningen sin rundliga tid. Det gjorde att han slutade med innebandyn.

SEMESTER

Jag och Alex gjorde tidigt våra egna semestrar. Vi hade våra egna hyss och särskilt skidåkningen var ett gemensamt intresse. Vi började med att åka till Champoluc i Italien 2002 och året efter åkte vi till Tignes i Frankrike. Då fick Karin följa med. Året efter åkte vi till St Anton och det gjorde vi även 2005. Vi avrundade våra alpina semestrar med Avoriaz 2006. Det här året hade Alex börjat i gymnasiet och nu ville han hellre åka skidor med sina kompisar antar jag. Vi åkte också mycket skidor i Sverige. Överhuvudtaget har det känts väldigt bra att åka på semester med ett barn. Alexander och jag har gjort betydligt fler resor på egen hand än vad jag gjort med Anna. Å andra sidan var det svårare att göra saker med Anna eftersom hon inte bodde hemma. När hon fyllde 40 under året så bestämde vi att vi skulle göra en resa tillsammans. Hoppas att vi får till det trots pandemin.

HYBRIS IGEN

Det blev lite av en tävling att visa att man hade råd att åka på långsemester efter konkursen. Det

började med att vi flög till Malaysia och åkte
buss till Krabi och sedermera Phuket år 2000.
På sommaren år 2000 åkte familjen och Gunilla
Martin samt sonen Peter till Skottland och sedan
fortsatte vi året efter med att åka till Hurgada
i Egypten en vecka och sedan kryssa på Nilen
några dagar.

År 2002 var vi 14 dagar i Thailand med
Kerstin och Stefan samt sonen Fredrik. Därefter
fortsatte vi med att åka till Mexico, Brasilien,
Sri Lanka och Maldiverna samt kryssning med
världens största kryssningsfartyg- Voyager of the
Sea. Tjusigt skulle det vara.

ÖLAND

Utlandssemestrarna balanserades med att vi
omkring 2003 köpte hus i Kårehamn på Öland.
Efter en onödig vattenskada i det huset på grund
av felaktig uppgift om hur vi skulle stänga av
vattnet under hösten första året som vi ägde
fastigheten var vi tvugna att lägga ner massa
extra pengar på det. Men det blev väldigt bra
efter att vi fått huset rustat. Vi sålde det sedan
och köpte först ett hus och sedan ytterligare ett

hus av Peter Yaegerstierna. En genomsympatisk kille. Vårt Ölandsäventyr fortsatte ända till 2008 då jag och Karin skilde oss efter att ha kamperat ihop i 22 år men det kommer vi till senare. Jag köpte även ett hus i Serbien runt 2005 så ett tag var jag och Karin ägare till totalt fyra hus men huset i Serbien stod jag själv för.

KAPITEL 30

18 augusti 2020

Pandemin slog hårt mot verksamheten. På gränsen att Steve tappade sugen. Steve träffade Jim Jasmin på lunchen – av en tillfällighet – på Pigalle och fick gnälla av sig lite. Kändes bättre. Trots en tunn kavaj så var det för mycket när temperaturen närmade sig 30 grader.

Steve lämnade jobbet vid 3 tiden och åkte till 'Litas massage' för att hämta fantastiskt fina kantareller som Lita absolut inte ville sälja utan bara ville ge bort. Det var säkert en påse på drygt ett halvt kilo av bästa sort. Både Lita och hennes medhjälpare Davan satt och rensade blåbär när Steve kom förbi. Man skulle få 500 kronor för en hink med rensade bär av gamla goda kunder. Thailändarna Davan och Lita var närmast osannolikt flitiga personer som var i skogen var och varannan dag och man lyckades kombinera

bärplockandet med mästerlig massage från mån-
dag till lördag. Tänk vad vissa människor orkade
med tänkte Steve som alltid varit imponerad
av Lita och Davan som han känt i minst 10 år.
Fliten har aldrig gått ur dem.

Till middag blev det smörstekta kantareller
på rågbröd och spanska kräftor till det. Belinda
försökte att skala kräftor men det gick inte sär-
skilt bra. Tidigare på dagen hade Nicci fått köra
gokart i Rörberg. Nya favoritnöjet för 150 kronor
för 10 minuter. I går hade man varit i Sandviken
och badat. Då hade kalaset gått på 250 kronor
inklusive lite fika.

SERBIEN 2000-2010

Det går inte att tänka bort Serbien från tiden
2000-2010. Äventyret Serbien hade börjat med
besök i flyktingläger nära Kragujevac år 2000
då man skulle ta sig från Sarajevo till Cacak via
Kragujevac med en lånad bil. Poul Sanver var
med liksom en tolk och en journalist. Väglaget
var förfärligt och jag hann bli rejält livrädd när
man skulle ta sig uppför delvis snötäckta vägar
med sommardäck. Tack och lov var killen som

körde – journalisten – en fena på att köra. Hade han inte varit det så hade nog äventyret Serbien slutat där.

Under ytterligare en resa till Cacak samma år så kom jag i kontakt med Zorica som var en ung, smal, vacker kvinna som rökte oupphörligen och ofta såg sur ut men var väldigt kul när man lärt känna henne. Med Zorica som tolk och Trivon som chaufför blev det 2-4 resor till Serbien varje år. Vi åkte kors och tvärs över landet och fastnade särskilt för ett område utanför Cacak vid namn Kostunica. Området påminde mycket om Skottland men var mycket lättforcerat. Serbien hade allemansrätt så man kunde gå kors och tvärs över bergen och man kunde bada i små bäckar när man kände för det. Inte så långt därifrån fanns också ett område med ett halvdussin kloster inom ett par kilometer från varandra. Det var ett givet utflyktsmål. Det var extra spännande att gå i princip en kilometer rakt uppför och sedan komma till ett vidunderligt vackert kloster.

Överallt i Serbien blev vi väldigt väl bemötta.

När man passerade en bondgård kom det ofta ut
en bonde som hälsade och sedan stack bonden
i väg för att hämta en flaska hemgjord 'raki' –
plommonbrännvin – som han bjöd frikostigt på
och gärna skickade med en flaska av. Zorica var
guide och öppnade alla dörrar.

Jag blev så förtjust i Kostunica att jag runt
2005 köpte ett hus i området. Huset låg högst
upp på ett berg med oerhört fin utsikt. Det var
ett rejält stort hus som var inrett i ett etage men
var förberett för ytterligare en våning och om
man så önskade kunde det även bli en tredje
våning. Den inredda delen var på ca 100 kvm.
Det var en enorm frihetskänsla att komma till
Cacak med omgivningar och det kändes väldigt
bra att Länderkommittén hade ett eget kontor i
Cacak för att bevaka f d asylsökande och särskilt
romers rättigheter och samtidigt att jag hade ett
eget hus.

Jag ville ta dit alla jag kände och det var också
bra många som kom till Serbien i ett tidigt ske-
de. Min dotter Anna var där liksom Karins dotter
Cecilia. Min vän Tomas var där ett otal gånger
och Jimmy Nordin var där liksom Ami och

Johan Stål samt Arne och Vivianne Lindström och Janne Höglund och Catarina Wannebo. När jag köpt huset så gick det mycket tid och ganska mycket pengar till att göra huset i bra skick och köpa fina möbler. En cykel blev det också liksom en gitarr.

Vi lärde känna en massa människor runt om byarna och det ansågs väldigt spännande att jag köpt hus där och tog med mig en massa gäster till dessa ödsliga bygder där man inte var bortskämda med turister.

Jag och vännen Tomas gjorde stora ansträngningar för att köpa stolar från Trivonóvics möbelfabrik. I början blev det mest galgar och diverse mindre träsaker men efterhand fick vi även till ett avtal om att köpa stolar till Sverige. Stolar som det var meningen att man skulle sälja till restauranger i Sverige. Direktören lovade att ta med sig ett antal stolar till Sverige med långtradare för mycket hanterbara 250 kr per stol men när affären äntligen skulle bli av runt 2008 så fick direktören stora ekonomiska problem och affären gick om intet tråkigt nog. Allt slit var förgäves. Innan dess hade jag i alla fall lyckats

få ett tiotal stolar fraktade till Sverige och dem
har jag fortfarande kvar.

Det som avslutade Serbienäventyret var att
Länderkommitten för f d Jugoslavien lades ned
2011 och kontoret i Cacak några år tidigare. Jag
fortsatte att ha kontakt med Zorica och jag avlö-
nade henne privat som kompensation för att hon
gått miste om jobbet på Länderkommitténs kon-
tor. Hon hjälpte också till att få till stånd en affär
med väldigt fina fiskedrag som jag och Tomas
sålde i Sverige. Bland annat till en järnhandel i
Valbo köpcenter. Jag och Tomas försökte även
få till vandringsresor till Serbien men allt rann
ut i sanden när Zorica blev sjuk och dog 2011.
Mycket tragiskt. Vi hittade aldrig någon ersättare
till henne. Med Zorica försvann min lust att göra
affärer med Serbien.

Nu riktades i stället blickarna mot Estland och
anledningen till det stavades Peter Jaegerstierna
som jag och Karin köpt hus av 2006-2007.

Det hus som jag köpt runt 2005 sålde jag till
grannen Rade 2010 och det var först förra året
som affären gick igenom och jag äntligen fick

betalt. Jag sålde med förlust men var glad att få
loss en liten sudd. För ganska exakt ett år sedan
var jag i Serbien för att slutföra avtalet och då
träffade jag Rade och hans syster Slavia och en
mecenat till familjen. Med honom gjorde jag
upp nya djärva planer. Kanske det kan bli nå-
got av det nästa år? Vi får se. Hur som helst är
landskapet kring Cacak helt fantastiskt och väl
värt ett besök. Maten är också oerhört bra. Ser-
bienäventyret som började år 2000 kanske får en
renässans nästa år. Den som lever får se.

NUTID

18 augusti 2020

Det var oerhört varmt i Gävle denna dag. Ste-
ve cyklade till jobbet och det gick väl an men att
cykla hem tog på krafterna. Det blev ingen lång
arbetsdag. Nicci ringde och grät i telefonen för
att hennes svullnad vid ögonlocket inte gått ner
efter ett myggbett.

Hon behövde en salva och hon satt med
mamma Belinda och lillasyster och väntade 2-3
timmar på Sätra hälsocentral innan centralen
frankt påstod att barnen skulle vara skrivna i An-

dersberg tillsammans med modern. Det kunde
man förstås inte kläcka ur sig när man kom och
sökte hjälp och uppmanades att sitta och vänta
på 'sin tur'. Det var ingen tur det var förbannad
otur i kombination med svårslagen arrogans.
Hur kunde man låta bli att skriva ut en liten
salva, till en åttaåring beroende på var man skri-
ven? Obegripligt. Steve ringde till sin husläkare
Anders Dahlqvist och han såg till att skriva ut
en salva på en minut. Dr Dahlqvist är en sådan
där duracellkanin som älskar att arbeta och jämt
har patienter. Han avslöjade nyligen för Steve
att han haft 1 800 privata patientbesök förra året
och till det kom att han samtidigt arbetade en hel
del i Saltsjöbaden på en vårdcentral där.

Dagen syntes räddad. Steve cyklade i väg till
'Gallerian' i centrala Gävle för att lösa ut salvan
men där kunde man inte få någon medicin alls.
En kvinna som bröt svårt på något språk påstod
att det var Folkhälsomyndighetens fel. Det var
tydligen något datafel. Tack och lov så gick
det att lösa ut salvan på apoteket Hjärtat. Steve
köpte också en biografi över Robert Broberg.

Det blev veckans bok. De blev alltid en ny bok
varje vecka. Akademibokhandeln med de vackra
och kloka tjejerna på bokhandeln var en oas för
Steve. Särskilt Åsa gav honom väldigt bra tips
om författare som Steve inte haft en aning om.
Dottern var mycket nöjd över att salvan kunde
appliceras på hennes ögonlock. Kvällen skulle
ägnas åt läsning och kanske tittandet på någon
serie, tänkte Steve.

2000-2010

I grunden så var ju det här en helt vansinnig
och hybrisfylld tid i mitt liv. Jag var så enormt
sugen på revansch. Papillon kunde kasta sig i
väggen. Det tog sig många makabra uttryck.

JOBB

Det fanns ett stort sug efter att ha kontor i
Stockholm. Under år 2000 så blev det en tur
i veckan till huvudstaden och övernattning på
något hotell. Då träffade jag mina klienter på
tågstationen. Så en dag runt 2002 sa min gode
vän Ann Sofie Senkul att hon blivit anställd av
den oerhört alerte advokaten Ismo Salmi som

hade ett stort kontor på Drottninggatan mitt emot Centralbadet. Hon undrade om jag ville hyra ett lite krypin för 6 000 kronor i månaden. I grunden var det ju alldeles för mycket men eftersom månadshyran i Gävle bara låg på 1 000 kronor så kunde det väl gå an, så jag slog till.

Ismo var om sig och kring sig på alla sätt. I vart fall när det gällde rumsuthyrning. Hans dyra rum hade inget lås och när jag inte var där så använde han kontoret till en av alla sina anställda biträdande jurister. Jag klagade förstås men vad hjälpte det mot en sådan person.

När jag väl flyttade från kontoret efter ett par år så kontrade jag med att ta med mig Ann Sofie Senkul och anställa henne och hyra ett stort kontor vid Tegnerlunden. Månadshyran låg nu på 30 000 kronor men vi var fem jurister som skulle dela på hyran så det var ju ok. Uno Aronsson och jag var de som hade huvudansvaret för det flotta kontoret men jag stod dumt nog på kontraktet.

Efter en tid blev Ann Sofie sjuk i cancer och kunde inte vara med och bidra till hyran. Vi hade också avhopp. Äventyret höll på till 2007-2008

och då hade Ann Sofie hunnit bli advokat och
jag kunde med gott samvete lämna det sjunkan-
de skeppet. Visst var det spännande med blods-
mak i munnen och se vad jag kunde prestera
men 30 000 kronor i månaden var för mycket
och särskilt med tanke på att Uno Aronsson hade
sina problem och inte alltid fick in pengar och
att slira med hyran var inte kul. Ann Sofie sökte
sig vidare och Uno Aronsson hittade också nytt
kontor.

BOENDE

Jag och Karin hade bott alldeles utmärkt i
statsrådet Ulrika Messings gamla hus på Pri-
mulavägen – som vi köpt 2003 – och under
vår tid gjorde man om boendet från bostadsrätt
till friköpta fastigheter. Det var en mycket stor
fördel för oss och vi gjorde en bra vinst när vi
sålde 2008. 2005/2006 hade vi sålt sommarhuset
i Kårehamn och köpt ett väldigt fint hus av Peter
Yaegerstierna för 1,2 miljoner. Huset låg några
kilometer från Färjestaden i ett sommarstuge-
område. År 2007 tyckte jag att det var dags att
köpa hus nummer två och även det av Peter eller

rättare sagt hans syster, så att man kunde hyra
ut detsamma. Det gick hyggligt sommaren 2007
men sedan blev det katastrof. Av misstag hyrdes
det nya sommarhuset ut under hösten 2007/2008
till en missbrukare som ställde till det i huset
och som inte heller betalade hyran efter en tid.
Då fick det vara nog. Då var det dags att avveck-
la även det huset.

SKILSMÄSSA

År 2008 gick sonen Alexander ut gymnasiet och
det kändes som om jag och Karin var färdiga
med varandra. Det hade gått på tomgång en
tid och alla resor hjälpte inte för att få till ett
tillräckligt spännande liv och inte heller Öland
hjälpte. Vi skilde oss och allt skulle säljas. Tidi-
gare hade vi haft tre hus i Sverige och jag hade
kvar ett hus i Serbien. De tre husen i Sverige
såldes. Primula gick bra och gav oss startkapital
för kommande bostäder. Ett av husen på Öland
gav mig en skuld på 50 000 kronor som var lite
seg att betala av.

Jag och Karin hade haft 22 år tillsammans. En
lång tid med många fina minnen. Det hade varit

jobbigt för Karin med all osäkerhet kring mina inkomster men på 2000-talet hade det gått bra och hon behövde inte oroa sig lika mycket.

Jag och Karin var väl ganska sura på varandra en tid men ganska snart blev vi vänner igen och är det fortfarande. Det kan man inte alltid säga om de runt omkring mig som skilt sig. Förfärliga vårdnads och umgängestvister hör till vardagen.

Alex flyttade med mig till en hyreslägenhet på stan som sedan byttes året därpå det vill säga 2009 till en trerumslägenhet på Staketgatan 9 i en mycket välskött förening.

År 2008 skaffade jag mig en lägenhet i Söderhamn och året därpå kontor i Söderhamn på grund av att jag träffat Åsa. Vi hade en kort och bitvis stormig relation under cirka 2 år. Det var hon som banade väg för mitt nuvarande liv. För det är jag henne stort tack skyldig.

EFTERTANKE

Efter all hybris så började det nu trots allt att lugna ner sig i slutet på första decenniet år 2000. Det kändes bra och det kändes rätt. Jag skulle fortsätta att lugna ner mig men det kan jag ju komma till en annan gång.

KALAS

Jag firade att jag var mitt i livet 2003 då jag hyrde järnvägsrestaurangen och bjöd in 50-60 vänner. Ett dyrt men roligt kalas. När jag sedan fyllde 55 firade jag väl knappt alls. Andra tider. Andra vindar hade börjat blåsa och plånboken var kanske inte lika välfylld längre?

NUTID

20 augusti 2020

När Steve cyklade i väg till jobbet så började det regna. Vid 12- snåret var det sol och runt 25 grader. Två besök på eftermiddagen och sedan dags att bege sig hemåt. Det blir inga långa dagar, för Steve, men han har att göra ändå även om han inte är på kontoret. Fortfarande stora störningar i kassaflödet. Måtte det vända snart.

Väl hemma gjorde Steve utflykt med Nat till Erikshjälpen (EH). Nicci ville vara hemma. PÅ EH hittade Nat en liten hund som låg i en väska. Den fick det bli och en glass och när hon börjat äta på glassen kom hon på att det var fel glass och Steve fick äta upp den. Nat fick en ny glass.

På vägen hem så handlade man på Matmixen som har fantastiska priser på grönsaker och frukt. Steve fick mycket för knappa 200. Hade han handlat på Konsum Eken hade det blivit ungefär dubbelt så mycket och troligen också felslag. Så snart man hade ett bra extrapris enligt hyllkanten så gick det in ett helt annat pris i kassan. Märkligt att det aldrig slog åt andra hållet. Biografin över Robert Broberg verkar lovande, konstaterade Steve. Blir mer läsning i dag och någon serie. Snart dags för tjejerna att sova. I morgon kommer antagligen Nicci att börja skolan. Hon skull ha gått i dag men ville inte gå på grund av svullnad kring ena ögonlocket.

REFLEKTION

Det känns som att jag levt ett turboliv. Jag har hunnit saker som normalt tar två eller tre liv att uppleva. Det gäller både olika boenden, arbetsuppgifter och resor.

Som jag varit inne på tidigare så hade jag som barn ett otal olika inkomstbringande aktiviteter för mig. De var bland annat att jobba på bondgård, plocka jordgubbar och vara på sjön. Totalt hade jag väl cirka 20 olika inkomstkällor innan jag var 20. Då räknar jag även in försäljning av jultidningar och blomsterlökar samt arbete på egna farmen.

Från det jag fyllde 20 till dess att jag blev advokat hade jag kanske också cirka 20 olika inkomstkällor inklusive taxeringsordförande och deklarationsgranskare, god man och förvaltare, upprättare av personundersökningar jobba på utslussningshem inom kriminalvården och arbeta som vaktmästare på skola och förstås arbeta som lärarvikarie. Bara att arbeta som lärarvikarie motsvarar nog cirka 2 år på heltid. Till det kommer jobbet som deklarationsupprättare på bank etc etc.

Från det att jag blev advokat 1987 har jag inte haft så många extraknäck men däremot har jag sysslat med allt mellan himmel och jord som advokat. Det har varit brottmål, tvångsomhändertagande av barn, vårdnads och umgängesrättstvister, hjälpa småföretagare och inte minst arbeta som 'flyktingadvokat' som idag kallas 'migrationsadvokat'. Att gå i konkurs var en lektion i samhällskunskap som inte många advokater varit med om och därför har det varit tacksamt att använda sig av den kunskapen. Flera advokater som legat risigt till har konsulterat mig och jag har blivit en fena på 'bondackord'. Det finns enorma möjligheter att få ner skulder om dessa hamnat hos olika krämare som inkassobolag via andra bolag som tagit skyhög ränta för att låna ut sina pengar. Det mest uppseendeväckande var när jag för cirka fem år sedan hjälpte en kille att få ner en skuld från 2,3 miljoner till 300 000. Det förutsatte dock att han hade snälla människor runt omkring sig som kunde låna ut pengar till honom som gick till ackordet. Vore intressant att se hur många som skulle kunna komma på fötter igen om man tillämpade sådana här ackord istället för att erbjuda skuldsanering som ofta är förlamande för i vart fall entrepenörer och gör att de inte gör något för att förbättra sin situation. Man ska ju leva på existensmi-

nimum i fem år. Hur kul är det? Den duktige
– som aldrig haft en påminnelse i hela sitt liv
– och alltid haft fasta inkomster tycker förstås
att det är förfärligt att dessa människor 'kommer
undan' som hamnat i 'skuldfällan' men den saken
är klar att där hamnar du trots att du kan ha varit
hur bra entreprenör som helst men fått tillfälliga
betalningsproblem som sedan vuxit och blivit
ohanterliga.

Det börjar ju bli pedagogiskt begripligt även
för 'spara-människan' att stora, välskötta före-
tag kan få problem och behöva hjälp för att som
nu ta sig ur en pandemi. Rätt som det är så är
man ju på grön kvist igen om hjälpen är rim-
lig och kommer i tid. Just nu är eländet större
än någonsin så det ska bli spännande att se om
man överlever den här pandemin eller om man
ska packa ihop och sätta sig under korkeken?
Fast egentligen tror jag ju inte på det själv. Jag
kommer alltid tillbaks och det kommer jag helt
säkert att göra även nu. En fördel med pandemin
har trots allt varit att det är lättare att få anstånd
att betala olika saker och att knuffa skatten är
en bra grej. Det tror jag de flesta småföretagare

håller med mig om.

KAPITEL 31

RESOR

Jag har alltid rest mycket – bortsett från detta år – och jag reste ju en hel del även som barn inklusive två svängar till USA och en till Liberia. För att få ett begrepp om hur många resor det kan bli så måste jag nog spalta upp en aning och ta resor till olika länder eller områden.

ALPRESOR

Till alperna har jag rest cirka 25 gånger så det är en stor grupp. Alla resor är inom Europa och mest till Österrike och Frankrike. Jag har även gjort otaliga resor inom Sverige för att åka skidor. Det har varit resor till Idrefjäll och till Åre och Duved och även till Sälen förstås. Det måste vara minst 50 skidresor inom Sverige och ofta längre tid än bara en helg.

SERBIEN OCH F D JUGOSLAVIEN

I Serbien / Kosovo samt Bosnien och Kroaten
har jag varit ca 30 gånger. Många resor har blivit
till Cacak men även till mitt hus i Kostuniza.

PORTUGAL

Det hann bli ca 10 resor till Portugal och jag
har även varit där före och efter det att vi köpt
andelslägenhet på Algarvekusten.

SPANIEN

Torde vara ca 10 resor inklusive Barcelona.

LONDON OCH PARIS

I London har jag varit ca 10 gånger och lika
många gånger i Paris.

ANDRA STORSTÄDER

Då räknar jag med Rom, Prag, Budapest, Zag-
reb Nice, Cannes etc.
Det blir säkert ytterligare ett 20 tal resor.

BILSEMESTRAR

Det har blivit ca 10 bilsemestrar ut i Europa

och sedan tillkommer då resor till Norge och
Danmark ett otal gånger kanske 20-30 resor till
dessa båda länder och räknar man med Finland
får man lägga till ett halvdussin. I Tyskland har
jag nog varit minst 20 gånger .

AFRIKA

Jag har varit tre gånger i Tanzania, två gånger
till Kap Verde, Sydafrika en gång och Tunisien
tre gånger samt en gång till Egypten.

ASIEN

Här blir det två gånger till Thailand och även
till Malaysia, Sri Lanka och Maldiverna. Jag
har vidare varit tre gånger i Dubai och en gång i
Oman. I Quatar har jag varit men bara på flyg-
platsen.

USA

Jag har bara varit till New York som vuxen. Lite
klent. Men har även varit till Mexico och Brasi-
lien.

KANARIEÖARNA

Är väl uppe i ca 10 besök.

GREKLAND OCH KRETA

Det har troligen blivit 15-20 resor till dessa platser.

Sammantaget har jag hur som helst besökt ett 70-tal länder vilket jag tror är ganska mycket men jag har dålig koll på hur mycket andra har rest. Utomlands har jag varit 100-150 gånger vid snabb huvudräkning. Kanske fler gånger. Låter lite. Mer sannolikt är nog 200-250 resor utomlands om man räknar med de nordiska länderna. Tyvärr har jag inte varit till Island.

Även om jag rest mycket så vet jag att många har rest betydligt mer än vad jag gjort. I vart fall om de rest i tjänsten. Med dem jämför jag mig inte. Mina vuxna barn har rest mycket och Nicole har kanske varit i 30 länder. Jag tror mig ändå veta att en hel del människor inklusive mina syskon kanske reser utanför Norden cirka en gång om året och har så gjort i vuxen ålder. Jämfört med det så ligger jag i framkant.

ANALYS AV RESOR

Ibland tycker jag resandet får ett självändamål. Särskilt om man reser till platser som man inte utforskar. Att ligga på en strand roar mig inte och inte min fru heller. Hon försöker undvika solen. Hon blir mörkare i sin redan mörka hud i solen och det vill hon inte bli. Ändå har man åkt på alla dessa resor med min nuvarande fru och med facit i hand tycks det obegripligt. I början handlade det nog mycket om att imponera och visa min fru en massa platser som hon inte varit till. Nu tycker jag att det mest är jobbigt. Det kostar en väldig massa pengar och man ska ofta ge sig iväg på natten och kanske komma hem på natten.

Transfer kan vara förfärlig. Tacka vet jag att resa reguljärt och ta en taxi från flygplatsen till sitt hotell. Så var det senast för ett år sedan när vi åkte till Dubai. Där har jag, Rozina och ungarna varit två gånger redan trots att barnen är små.

Jag tycker nog nästan mest illa om att åka till Gran Canaria. Vad ska man där att göra? Stränderna är ofta dåliga och väldigt ofta är det minst lika dyrt som hemma. Det är ju sällskapet som är viktigt och inte platsen i sig. Visst kan det vara skönt att fly vintern men risken är ju uppenbar när man åker till Gran Canaria att det inte alls är så fint väder. Bättre då att anpassa resandet efter årstiden och inte vara borta så länge. Jag tycker också att det är förträffligt att vara borta torsdag-söndag. När man har tidspress på sig så hinner man också betydligt mer. Att åka på det sättet till exempelvis London slutar jag aldrig att gilla. Helst åker jag då ensam med sonen. Jag skulle gärna åka mer med min dotter men hon har svårt att komma loss. Kanske att vi trots allt lyckas komma i väg på en kryssning under hösten till Tallin eller Riga?

NUTID

27 augusti 2020

Äntligen fredag. Steve älskade fredagar. Inte minst för att han då blev skönt knådad av 'Kemi'. En otroligt duktig tjej men hon såg ganska löjlig ut i ansiktsmask. Steve tyckte illa om ansiktsmask och trodde inte på dem. Det skulle vara rätt sort och rätt användning. Några löjligt enkla

Melittafilter var bara trams men det vågade man
knappt ens tänka i det politiskt korrekta Sverige
där 'Corona- talibanerna' bara verkade bli fler.
De verkade sprida sig mer än viruset i sig själv
som uppenbarligen förde en tynande tillvaro. Nu
fanns det ju knappt några inlagda på sjukhus så
nu fick man förfasa sig över något litet utbrott i
Bohuslän – och förstås alla nya utbrott ute i Eu-
ropa – men om det ledde till att någon blev inta-
gen på sjukhus var tveksamt. Nu hade det också
kommit befriande statistisk från Östergötlands
landsting om att det inte gick att ge covid-19
ensam skulden för att gamla och sköra hade
dött under de hemska månaderna april-juni. Blir
spännande att om ett år eller så se den samman-
ställda statistiken över pandemins härjningar
när man rensat bort de som skulle dött ändå
inom kanske 2 veckor. Skulle Sverige sticka ut
då också? Tveksamt och under 100 dödsfall på
människor under 50 var det någonting att bry sig
om. Varje månad dog ca 100-150 för egen hand.
Vad hade man gjort för att skydda dem? Hur
många dog i onödan på grund av för hög isole-
ring under pandemin? Hur hade alla psykiskt

utsatta haft det? Troligen förfärligt.

Steve skulle egentligen hämta minsthjärtat på dagis men klädförsäljning kom emellan. Äntligen hände det lite på den fronten. Steve var genuint trött på allt vad damkläder hette men köpte ändå ett vackert spetsnattlinne till sin kära hustru Belinda. Det var hon värd. Fredagspresenter var viktiga och uppskattade men själv fick han aldrig några presenter av hustrun. Det fick han ta som en man. Han fick inte heller tack för att han lagade mat åt henne varje dag. Varje dag sa han spefullt:

”Tack för maten.” Då hakade hon på. Undrar om det var något kulturellt med att vägra säga tack? Knappast afrikanskt i så fall. Steve skickade pengar till höger och vänster men fick bara tack om han frågade om pengarna kom fram. Det här störde Steve något alldeles oerhört men vad hjälpte det. De som inte tackade var ju alltid starkast. De fortsatte vägra tacka oavsett hur irriterad Steve blev. De var ju människor som Steve behövde och det kändes som att det var det som gjorde att de inte var lika benägna att tacka.

Nicci hade vågat sig till skolan i dag trots en viss återstående svullnad vid höger öga. Hon var ganska nöjd med sin dag men stannade inte kvar på sitt fritids. Även skolan höll på och tramsade med en massa pandemiregler trots att knappast några barn var smittade och var de smittade så smittade de betydligt mindre än vuxna och varför skulle de komma i kontakt med de sköra som man knappt fick besöka och som isolerade sig? Logiken gick som vanligt inte jämt ut. Det blev ett skyddande för skyddandets egen skull.

Undrar om regler om att minska smittspridning och fantasifulla restriktioner skulle vara en merit om låt säga ett halvår? Tveksamt. Fundamentalister är väl sällan populära, resonerade Steve. Å andra sidan var han nog en person som tog lite för lätt på saker och ting. Det kanske hängde ihop med hans kraftfulla immunförsvar. Han hade ju aldrig fått en influensa i hela sitt liv. Kanske borde han rannsaka sig själv lite mer? Nej, han trodde inte det. Han var en självrättfärdig Jan Guillou när det gällde och nu var det skarpt läge att tycka något.

Mest irriterad var han nog över kyrkans piru-

etter för att skydda sina äldre och hur man skulle
dela upp sig i små löjliga grupper när man sjöng.
Vilket skämt. Fram med sprutan. När skulle man
kunna ta ett blodprov, lika väl som en sänka på
närmsta apotek och få ett kvitto på att man inte
hade någon covid-19 och sedan skulle man få en
fin lite bricka typ nej till kärnkraft. Sedan fick
det räcka. I övrigt fick väl den som ville skydda
sig sitta och sjunga med mask och se löjliga ut.

Jag hade en bra barndom med bra föräldrar och fina morföräldrar och en fantastisk farfar. Det var jobbigt med en far som var ute på sjön och sällan hemma men han fanns ju med i vårt liv hela tiden även om han inte var fysiskt närvarande. Jag hade tre yngre syskon när jag växte upp. Tyvärr finns inte Joakim med oss längre. Han gick till en annan dimension 1992. Min syster Heidi var lite obstinat men det tuggmotståndet var nog bra för mig. Hillevi och jag hade sällan duster när vi växte upp. Hon är 6 år yngre än mig och Heidi 3 år yngre. Jokaim var 8 år yngre. På det hela taget trivdes jag i skolan och gjorde bra ifrån mig utom första året i gymnasiet.

Jag trivdes väldigt bra med studier i Uppsala och det var en fantastisk tid på Länsrätten i Gävle 1979-1982. Flera person som jag lärde känna då som Kristian Forner, Johan Stål och Arne Lindström har jag fortfarande kontakt med och umgås med då och då.

Jag fick barn 1980 och 1989 och det var det största som hänt mig. Det var kanske ännu större och mer häpnadsväckande att börja om med barn igen som jag fått tillsammans med min kära hustru Rozina.

På det hela taget har jag varit ekonomiskt framgångsrik - bortsett från 90 talet då jag gick i konkurs - men det har varit svårt att få till likviditeten. Visst hade det varit roligt att ha haft några miljoner att leka med och kunna förverkliga projekt med. Vissa projekt har dock genomförts med framgång som hus på Öland och hus i Serbien och fint hus i Strömsbro.

Jag har haft en fantastisk tur med min hälsa och har i grunden inte varit sjuk på allvar under hela mitt yrkesliv. Däremot har jag haft en del krämpor som Artros och annat men det har nog de flesta i min ålder haft.

De flesta brukar väl ha sina nergångsperioder med depression eller annat men det har jag sluppit. Därmed inte sagt att jag inte haft och har en del mörka drag i mig som jag måste kämpa med.

Det har varit enormt givande att försöka hjälpa
människor men samtidigt är det enormt frus-
trerande när människor lägger sina liv i mina
händer och tycker att jag ska leva det åt dem. Att
ägna sig åt "eländesjuridik" har verkligen sina
sidor.

Det har varit fantastiskt med det samarbete
som jag haft under lång, lång tid med Lena och
Poul Sanver. Poul har jag också haft förmånen
att ha som anställd. En klippa. Lena redigerar
mina böcker och vi hade mycket med varandra
att göra när Länderkommittén för f d Jugoslavi-
en fanns.

Samarbetet med Asylkommittén i Gävleborgs
län har också varit mycket givande och gjort att
jag orkat med de tunga asylärendena. Stort tack
till Maud Lindgren, Ingrid Thyr, Elisbeth Skog-
lund och många andra.

Jag har även haft mycket kontakter med Mi-
chael Williams, ordförande för FARR och Anita
Dorazio, asylkommitten i Stockholm samt advo-
katen Sten De Geer och rikdsdagsledamöterna

Ragnhild Pohanka och Bodil Valero som även
är europaparlamentariker. Utan dessa entusiaster
hade jag förmodligen inte arbetat så mycket med
migrationsrätt som jag har gjort.

Jag fortsätter arbeta och trivs med det. Har
inga planer på att sluta men jag hoppas snart
kunna börja resa lite mer på egen hand och även
ha chansen att då skriva på mina kommande
böcker.

På fritiden har jag i yngre dagar sportat myck-
et och framförallt åkt slalom. Det gör jag inte
längre tyvärr. Istället umgås jag med mina barn,
läser böcker och sjunger i olika körer. Det hopp-
as jag också få fortsätta med.

Det är makalöst givande att få barn på äldre da-
gar men också slitsamt så jag behöver mer egen
tid för återhämtning. Men den kommer nog om
jag får ha hälsan.

Det påstås att livet går så fort. Det håller jag
inte med om. Jag tycker att livet har gått gan-
ska långsamt och haft ett behagligt tempo. Det

kanske beror på att jag fyllt mitt liv med innehåll och att tiden går långsammare om man lyckas med det?

Jag har förvisso haft ett liv även efter skilsmässan från Karin. Jag har ett fantastiskt liv med Rozina från Tanzania. Vi har två barn tillsammans, de är 4 och 8 år. Det är oerhört givande och ibland väldigt jobbigt. Det bästa med att bli förälder så här sent i livet är den enorma uppskattning som man känner av barnen och vilken nåd det är att få börja om på nytt och dessutom med två barn. Jag känner en närmast monumental ödmjukhet och tacksamhet för det. Redan tidigare har det varit det bästa som hänt i mitt liv att få barn men att få det när man är på väg mot 60 och passerat 60 är mirakulöst.

Hur mitt nya liv har tett sig får jag komma in på senare men inte i denna bok. Det har varit jobbigt och delvis skamfyllt att skriva om sig själv. Det har nog i mångt och mycket fungerat som en slags självterapi. I grunden är jag föstås oerhört lyckligt lottad men har fått smällar jag som alla andra men inte ens konkursen har jag velat ha ogjord. Den gav mig nya insikter och en enorm erfarenhet som jag burit med mig under de sista 20 åren av mitt liv.

Alla säger att det är så jobbigt att bli äldre men att bli äldre när man samtidigt får vara med två barn är en helt annan sak. Tiden går inte heller fort. Man hinner med massor med saker. Överhuvudtaget har jag svårt att förstå det här med hur fort tiden går. Jag tycker snarast att den gått långsamt. Dessutom känner jag mig som en 20-åring trots kroppens skröplighet. Nu ser jag fram emot att fortsätta jobba men jobba mindre och hoppas att min hustru bli klar med sina studier och kommer ut i arbete så inte allt ekonomiskt ansvar hamnar på mig. Jag hoppas också få tid att träffa mitt barnbarn Alice mer och mitt helt nya barnbarn Edda som föddes den 11 september.

Livet har varit jättejobbigt men också fantastiskt. Jag är djupt tacksam så här långt och hoppas att få vara på banan ett tag till. Jag hoppas också att Ni har haft behållning av mina minnesbilder och att det hjälper Er att plocka fram Era egna minnen.

Ha ett underbart liv.

Gävle den 5 oktober 2020
Tryggve Emstedt